古龍武俠小說 領先時代半世紀

【記者賴素鈴／報導】江湖代有人出，這廂古龍凋零二十載，那廂今朝懸賞百萬獎新秀，浪淘不盡，唯有武俠熱愛，不隨時間變易，在學術研討會上更見分明。以「一代鬼才：古龍與武俠小說」為主題，淡江大學第九屆文學與美學國際學術研討會昨起在國家圖書館，展開為期兩天的議程，紀念武俠小說家古龍逝世二十周年，新生代學者與古龍故舊齊聚一堂，以文論劍話武俠。

日前與淡大中文系教授林保淳共同發表《台灣武俠小說發展史》，武俠小說評論家葉洪生昨天在專題演講中，直批胡適1959年底發表「武俠小說下流論」是「胡說」，學界泰斗的不當發言以及隨即展開的「暴雨專案」，反而促成1960年起台灣武俠新秀的繁興，「武俠小說迷人的地方，恰恰在門道之上。」，葉洪生認定，武俠小說審美四原則在文筆、意構、雜學、原創性，他強調：「武俠小說，是一種『上流美』。」

集多年心血完成《台灣武俠小說發展史》，葉洪生認為他已為從十歲起迷上武俠小說的半世紀畫上完美句點，並且宣布他「以後決心退出武俠論壇，封劍退隱江湖」。

雖然葉洪生回顧武俠小說名家此起彼落，套太史公名言「固一世之雄也，而今安在哉？」，認為這是值得深思的嚴肅課題，昨天意外現身研討會而備受矚目的溫世禮，則為了紀念同是武俠迷的哥哥溫世仁，推出第一屆「溫世仁武俠小說百萬大賞」，即日起至今年10月3日截止收件，經兩階段評選後於明年12月7日公布首獎得主，預料將會是一場武林新秀的龍虎爭霸戰。

看明日誰領風騷？風雲時代出版社發行人陳曉林眼中的古龍，其實領先他的時代半世紀，以致如今雖然古龍逝世20年，陳曉林認為大家對古龍的了解仍然有限，預言未來世代更能和古龍的後設風格共鳴。

昨天這場研討會，也凸顯武俠小說作為一項文學研究門類，仍有待開發學習空間。多位與會者都指出，武俠小說的發表、出版方式和管道具考證難度，學術理論與論文格式的建立待加強。而武俠名家的版權之爭、市場競爭力，也增加出版推廣困難，古龍武俠小說的版權糾紛、司馬翎作品的版權官司也成為研討會的場外話題。

與 武俠小說

古龍兄為人慷慨豪邁、跌宕
自如，變化多端，文如其人，且緩多
奇氣，惜英年早逝，余與古兄曾
年交好，且喜讀其書，今歲不及其
人，又无新作了讀，深自悲惜。

金庸
一九九六、十、十二、香港

歡樂英雄

（上）

古龍精品集 53

歡樂英雄（上）

目·錄

說說歡樂英雄

古　龍

「歡樂英雄」又是個新的嘗試，因為武俠小說實在已經到了應該變的時候。

在很多人心目中，武俠小說非但不是文學，不是文藝，甚至也不能算是小說。正如蚯蚓，雖然也會動，卻很少有人將牠當做動物。

造成這種看法的固然是因為某些人的偏見，但我們自己也不能完全推卸責任。

武俠小說有時的確寫得太荒唐無稽，太鮮血淋漓，卻忘了只有「人性」才是每本小說中都不能缺少的。

人性並不僅是憤怒、仇恨、悲哀、恐懼，其中也包括了愛與友情、慷慨與俠義、幽默與同情的；我們為什麼特別強調其中醜惡的一面呢？

還有，我們這一代的武俠小說約莫由平江不肖生的《江湖奇俠傳》開始，至王度盧的《鐵騎銀瓶》和朱貞木的《七殺碑》為一變，至金庸的《射鵰英雄傳》又一變，到現在已又有十幾年了。

這十幾年中，出版的武俠小說已算不出有幾千幾百種，有的故事簡直已成為老套，成為公式；老資格的讀者只要一看開頭，就可以猜到結局。

所以武俠小說作者若想提高自己的地位，就得變；若想提高讀者的興趣，也得變。

有人說，應該從「武」，變到「俠」，若將這句話說得更明白些，也就是說，武俠小說應該多寫些光明，少寫些黑暗，多寫些人性，少寫些血。

也有人說，這麼樣一變，武俠小說就根本變了質，就不是「正宗」的武俠小說了，有的讀者根本就不願接受，不能接受。

這兩種說法也許都不錯，所以我們只有嘗試，不斷的嘗試。我們雖然不敢奢望別人將我們的武俠小說看成文學，至少總希望別人能將它看成「小說」，也和別的小說有同樣的地位，同樣能振奮人心，同樣能激起人心的共鳴。

《歡樂英雄》每一小節幾乎都是個獨立的故事，即使分開來看，也不會減少它的趣味——如果它還有一點趣味，這嘗試就不能算失敗了。

【編者按：《歡樂英雄》是古龍自己最喜歡的一部作品，也是他自認為與「包括金庸在內的所有武俠小說作家都不一樣」的特殊作品。他曾多次向朋友提及：這是一部無法歸類的小說，因為抒寫主要的是「一種情調，一種感覺，一種心情」，而不僅是一個首尾完整的傳奇故事。古龍並表示，這部作品所映現的「情調，感覺，與心情」，懂的人自然會心一笑，不懂的人也不妨拈花微笑。

既然如此，《歡樂英雄》不宜由任何學者專家或名評論家來寫導讀，倒是不妨由他本人來透露「拈花微笑」背後的欣悅或透悟。所以，我們以古龍自己為《歡樂英雄》撰寫的短序，取代了原設計的名家導讀。

或許，這是第一部透顯了「後現代」精神及情趣的華人作品，卻以武俠小說的形式問世，而且遠在「後現代」情趣受到世人正視之前。本精品集編者早已指出，古龍的作品領先其時代半世紀以上，《歡樂英雄》即是有力的例證！】

誰說英雄寂寞？
我們的英雄就是歡樂的。

一　郭大路與王動

一

郭大路人如其名，的確是個很大路的人。「大路」的意思就是很大方、很馬虎，甚至有點糊塗，無論對什麼事都不在乎。

王動卻不動。

二

大路的人通常都很窮。郭大路尤其窮，窮得特別，窮得離了譜。

他根本不該這麼窮的。

他本來甚至可以說是個很有錢的人。一個有錢的人如果突然變窮了，只有兩種原因：第一是因為他笨，第二是因為他懶。

郭大路並不笨，他會做的事比大多數人都多，而且比大多數人都做得好。譬如說──騎馬，他能騎最快的馬，也能騎最烈的馬。

擊劍，他一劍能刺穿大將身上的鐵甲，也能刺穿春風中的柳絮。

你若是他的朋友，遇著他心情特別好的時候，他也許會赤手空拳躍入黃河捉兩尾鯉魚，再從水裡躍出抓兩隻秋雁，爲你做一味清蒸魚、燒野鴨，讓你大快朵頤；你吃了他的菜保證不會失望。

他做菜的手藝絕不在京城任何一位名廚之下。

他能用鐵板銅琶唱蘇軾的「大江東去」，也可以弄三絃唱柳永的「楊柳岸，曉風殘月」，讓你認爲他終生都是在賣唱的。

有人甚至認爲他除了生孩子外，什麼都會。

他也不懶，非但不懶，而且時時刻刻都找事做，做過的事還真不少。像他這種人，怎麼會窮呢？

他第一次做的事，是鏢師。

那時他剛出道，剛守過父母的喪，將家宅的田園賣的賣，送的送，想憑一身本事，到江湖中來闖一闖。

他當然不會是個很精明的生意人，也根本不想做個很精明的生意人，所以本來值三百兩一畝的田，他只賣了一百七，再加上送給窮親戚朋友們的，剩下的也就不大多了。

但那也足夠讓他買一匹好馬，鑄一柄快劍，製幾身風光的行頭，住最好的客棧，吃最好的館子。

那時正是春天，一年之計在於春。春天適於做很多事，也是鏢局生意最好的時候。

鏢局生意最好的時候，正也就是強盜生意最好的時候。

「中原鏢局」的總鏢頭羅振翼，人雖未老，江湖已老，當然也很明白這道理。所以走在道上，總是特別小心。何況，現在正是春天，他這次保的鏢又不輕。

可是保鏢只靠小心是絕不夠的，還得要武功硬，運氣好。

羅振翼武功並不弱，但這次運氣卻實在不好，竟偏偏遇上了兩河黑道上最難惹的歐陽兄弟。

歐陽兄弟不是兩個人，也不是三個人、四個人……

歐陽兄弟就是一個人。

這個人的名字就叫做「歐陽兄弟」。

他雖然只有一個人，卻簡直比四十個人還難鬥。他左手使短刀，右手使長刀，還可以同時發出七八種不同的暗器，很少人能看出他暗器是從什麼地方發出來的。

羅振翼也看不出。他剛躲過三枝「錦背低頭花裝弩」、一筒「流星趕月袖中箭」，誰知歐陽兄弟刀一翻，又射出了一雙子母寒針。

羅振翼右肩上挨了兩針，雖還不致立刻要命，但也只有等著歐陽兄弟來要他的命。

要命的針，從別人要命也猜不出的地方射出來。

歐陽兄弟就算不想要他的命，他這趟鏢丟了，也只有自己去上吊跳河抹脖子，自己要自己

的命了。

就在這時，突然一騎快馬馳來，馬快人更快，馬還未到，馬上人已到。歐陽兄弟只看到

一個人從半空中落下來，七八種暗器連一種都還沒有來得及出手，左右脈門已同時捏了人家一

劍。

這半空中落下來的救星自然就是郭大路。

羅振翼對這位救星自然不但感激，而且佩服；不但佩服，而且佩服得五體投地。將這趟鏢

送到地頭後，無論如何也要請他一起回鏢局去。

郭大路當然去了，他反正沒什麼別的要緊事。

他就算有別的要緊事，也會去的。

這是他第一次出手，他忽然發覺自己非但武功不錯，人緣也不錯。

於是羅振翼就覺得奇怪，就問：「像郭兄如此高的身手，為什麼不做鏢頭？」

郭大路也沒問：「為什麼武功高的人要去保鏢！」

他只覺得做鏢頭也蠻威風，蠻有趣的。何況，羅振翼請他做的是副總鏢頭。

一個人初入江湖就做了副總鏢頭，的確夠威風、夠神氣！

唯一令郭大路覺得遺憾的是，「中原鏢局」並不是中原最大的鏢局，甚至連第一流的鏢局

都算不上。

他等了好幾天，才接到第一筆生意，而且還不是大生意，只不過是替人從開封押幾千兩銀子回洛陽。

路不遠，鏢不重，又有這麼樣一位副總鏢頭，總鏢頭自然樂得安安心心、舒舒服服的在家裡養傷了。

還是春天，早上，鏢車啓行。

一年之計在於春，一日之計在於晨，這開始可真不錯。

鏢旗迎風招展，趙子手的喊鏢聲嘹亮入雲，郭大路穿著紫羅衫，佩著烏鞘劍，騎在大白馬上，春天的太陽剛昇起，照得他身上暖暖和和的，遠處的春山一碧如洗，燕子正在樹上啣泥做巢。

他心裡實在覺得愉快極了、得意極了。

他只希望能在路上遇見幾個江洋大盜、綠林好漢，那倒並不完全是爲了他想露露本事、顯顯威風，而是爲了想多交幾個朋友。

朋友愈多愈好。他喜歡朋友，能和這種人交上朋友，豈非也很刺激、很有趣，若再能感化他們改邪歸正，豈非更妙不可言。

他果然遇到了。

只可惜他遇到的，並不是他想像中那種大秤分金、小秤分銀，大塊吃肉、大碗喝酒的江洋大盜；也不是那種一諾千金，豪氣干雲，隨時肯爲朋友兩肋插刀的綠林好漢。他遇見的竟只

不過是一夥小毛賊，一個個面有菜色，好像餓了三天，身上穿的衣服到處是補釘，連刀都生了鏽。

郭大路雖然失望，但既然遇見了，也沒法子，只好先露兩手武功，將他們先震住，再循循善誘，希望他們從此洗心革面，改過向善，做個安分守己、自食其力的良民，莫要辱沒了祖宗。

大家先被他的武功嚇得呆若木雞，繼而又被他的良言感動得痛哭流涕，一個個都表示決心要重新做人。

「可是我們卻身無一技之長，叫我們去做什麼呢？不做強盜，只怕一家人都得餓死。」

「做做小生意也好呀，就算賣饅頭，也總比做強盜好。」

「連一文本錢都沒有，能做什麼生意？不如現在就死了算了。」

這些人一把眼淚，一把鼻涕，的確是天良發現的樣子。

郭大路幾乎也被感動得流淚了。

「沒有本錢，這容易，我有。」

鏢車裡豈非有的是銀子麼？

本錢少了，也做不成生意，郭大路出手一向大方得很。

「每人一百兩。」

大家千恩萬謝，然後，忽然間就全部呼嘯而去，遠遠都可以聽見他們在說：「這位恩公不

但是大英雄、大豪傑，而且簡直是個活菩薩、大聖人。

郭大路心裡也是熱血沸騰，感慨不已：「人之初，性本善，若非被逼得無路可走，又有誰願意做強盜呢？」

等他的感情漸漸平靜的時候，他才忽然發現了兩件事：第一，鏢車裡的銀子已被分掉一大半。

第二，這些銀子並不是他的。

跟著他的鏢伙們一個個都張大了嘴，眼睜睜的瞧著他，誰也分不清他們這種眼色是將他看成什麼？

是大英雄？大聖人？還是個大呆子？

鏢銀少了一大半，鏢頭當然是要賠。

郭大路回鏢局的時候，心裡雖有些不安，卻還不太難受。

他有把握賠這鏢銀，有本事的人都有這種把握。

「我這匹馬是二百八十兩買來的，身上還剩下七百多兩銀子，加起來也有一千多兩了。先賠他們再說。」

剩下的呢？

「剩下的鏢局先墊上，我用副總鏢頭的薪餉慢慢來還。」

中原鏢局能請到他這樣的副總鏢頭，以後名氣自然會愈來愈大，生意自然會愈來愈好，他的薪餉當然絕不會少，很快就能還清的。

羅振翼一直在聽著，聽得目定口呆，聽得像是已出了神。

郭大路還是很有把握，因為他覺得自己提出的這方法實在太合理了。

他再也想不到羅振翼會突然跪了下來。

羅振翼跪下來並不是要求他留下，也不是叩謝他的救命之恩，而是求他快走，走得愈快愈好，愈遠愈好。

「你救過我，我替你賠鏢銀，就算還了債。像郭大爺你這樣的人，我以前實在沒有見到過，只求以後也莫要遇見才好。」

所以郭大路就走了。

但走到哪裡去呢？現在，他身上雖然還佩著劍，衣服雖然還是很光鮮，但大白馬已沒有了，剩下的幾兩碎銀子，非但不能讓他再住最好的客棧，上最好的館子，就算吃饅頭，睡大炕，也維持不了幾天。

郭大路是不是也覺得有些恐慌，有點難受？

不是，他完全不在乎。

像他這麼樣有本事的人，還怕沒飯吃嗎，那豈非笑話？

還是找了家最大的館子，好酒好菜，痛痛快快的吃了一頓。

一個男人吃了頓好飯後，心情總是特別好的，何況還帶著六七分酒意，就算最討厭的人，在他眼中看來都會變得可愛多了。

所以他就將剩下來的銀子全都給了很可愛的店小二，所以走出門的時候，他的口袋就變得和剛洗過一樣，洗得又乾淨、又徹底。

下頓飯在哪裡？簡直連一點影子都沒有。

但這又有什麼關係？船到橋頭自然直，天無絕人之路，現在唯一重要的事是找個地方舒舒服服的睡一覺。

「明天，又是另外一天了。」無論什麼事，到了明天，總會有辦法的，今天晚上若就為明天的事擔心，豈非划不來？

他只忘了一件事。

郭大路打了個呵欠，大模大樣的走進了城裡最好的客棧。

客棧的門雖然永遠是開著的，走進去的時候雖然很容易，走出來的時候，就困難多了。

你袋子裡若沒錢，人家就不會讓你再大模大樣的走出來。

郭大路當然不會開溜，也不會撤賴，那怎麼辦呢？

在這種時候，他才有點著急了，在院子裡兜了兩個圈子，忽然發覺牆上貼著張紅紙條，上面寫著：「急徵廚師。」

於是郭大路就做了廚子。

做鏢頭，連頭帶尾，他總算還幹了半個多月。

廚子他只幹了三天。

這三天裡，他多用了二十多斤油，摔壞了三十多個碗，四十多個碟子。

別人居然忍耐下來了，因為郭大路燒出來的幾樣菜的確不錯，有時候找個好廚子甚至比找個好太太還困難得多。直到郭大路將一盤剛出鍋的糖醋魚摔到客人臉上去的時候，別人才真的受不了。

那客人也只不過嫌他魚做得太淡，要加點鹽而已，郭大路就已火冒三丈高，指著人家的鼻子大罵：「你吃過糖醋魚沒有？你吃過魚沒有？糖醋魚本來就不能做得太鹹的，你知不知道？」

天下的廚子若都像你這麼兇，那還有人敢上館子。

到了這種地步，別人就算還敢留他，他自己也耽不下去了。幹了三天廚子，唯一的收穫就是身上多了層油煙，口袋還是空的。

但是，「此處不留人，自有留人處」。怕什麼？

郭大路當然還是一點也不在乎，他什麼事都會做，什麼事都能幹，為什麼要在乎？

問題是，幹什麼呢？

郭大路開始想，想了半天，忽然發覺自己會做的事，大多數都是花錢的事——騎馬、喝

酒、賞花、行令，這種事能賺得到半文錢麼？

幸好還有一兩樣能賺錢的，譬如說，賣唱。

以前他唱曲的時候，別人常常會拍爛巴掌，聽出耳油，還有人問他：是不是在娘胎裡就已學會唱了？

也有人說：憑他的嗓子，憑他對樂曲的修養，若是真的去賣唱，別的那些賣唱的人一定沒有飯吃。

郭大路雖不願搶別人的飯碗，怎奈肚子卻已開始在唱了——唱空城計。

於是他找了家自己從未上去過的酒樓，準備賣唱。

一上樓，店小二們就立刻圍了上來，倒茶的倒茶，送毛巾的送毛巾，陪著笑，哈著腰，問他：「大爺今天想吃點什麼？喝點什麼？今天小店的魚是特地從江南快馬捎來的，要不要活殺一條來配三十年陳的紹興酒？」

像郭大路這麼樣有氣派的人，店小二不去巴結他去巴結誰？

郭大路的臉卻已紅得像是喝過三十斤紹興酒了，「我是來賣唱的」，這句話他怎麼還能說得出口？

過了大半天，他才結巴的說了句：「我來找人……」話未說完，他已像被人用鞭子趕著似的下了樓，奪門而出。

這當然不能怪那些店小二，只怪他自己無論怎麼看也不像是個賣唱的。

「唉，原來一個人相貌長得太好，有時也很吃虧的，也許我長得醜些反而好些。」

郭大路雖然是在嘆著氣，卻幾乎忍不住立刻要去照照鏡子。

郭大路對自己的手一向很滿意。

「老天給了我這麼樣一雙靈巧的手，我總有事可做的。」

賣唱也賣不成，幹什麼呢？

他看著自己細長而有力的手指，心裡忽然想起了一些已在江湖中流傳了很久的故事……「一個落難的少年英雄，潦倒得在街頭賣藝，恰巧遇著上一位老英雄和他嬌媚的小女兒，對這落拓英雄的武功大為傾倒……」

結果自然是英雄和美人成了親，從此傳為武林之佳話。

「對，賣藝，就在街頭賣藝，憑我這身武功，還怕沒有人賞識？」

郭大路開心得連肚子餓都忘了，只怪自己前兩天為什麼沒有想出這好主意。

天雖已黑，街上還是很熱鬧。

郭大路選了個最熱鬧的街角，準備開始賣藝了。

但在開始的時候，好像還得先說上一段開場白。

說什麼呢？

郭大路的口才並不差，不該說的話，他常常說的又機靈，又俏皮，只不過等到該他說話的

時候，他反而說不出了。

「不說也沒關係，反正別人是來看我的本事，不是來聽我說話的；只要我本事一拿出來，還怕人不圍過來看麼？」

於是郭大路挽了挽袖子，掀了掀衣角，就在這街角上將他生平最得意的一套拳法練了起來。

只見他拳起時如猛虎出柙，腳踢時如蛟龍入海，拳影翻飛，拳風虎虎，當真是每一招都有真才學，每一式都有真功夫。

但別人非但沒有圍過來，反而都遠遠的避開了，就算有幾個膽子大的，也只敢站在屋角偷偷的瞧。

「這人忽然在街上打起拳來，莫非有了毛病？」

郭大路本來練得還蠻得意，後來才漸漸發現有點不對。

幸好他立刻恍然大悟。

「我練的是真功夫，一點花拳繡腿都沒有，這些凡夫俗子當然看不出好處來，好，我就再練點驚人的給他們瞧瞧。」

想到這裡，郭大路突然一個鷂子現身，「砰」的一拳將後面的牆打破了個大洞，「呼」的一腿將街角繫馬的石椿子連根踢倒——他自己的褲子當然也被踢破了。

只聽一片驚呼，滿街的人突然全部落荒而逃，有幾家店甚至將大門都上了起來，只因為街

上來了個吃錯藥的瘋子。

這就是郭大路賣藝的經過，他練了一趟拳，還加上一招開山功，一招掃堂腿，換來的只不過是條破褲子。

他的故事爲什麼不像別的落魄英雄那麼好聽呢？

這實在沒法子，世上本就有很多事聽來很美，做來就不美了。

這天晚上，郭大路只有餓著肚子，在破廟的供桌上睡了一覺。

他當然還可以上最好的館子先吃了再說，上最好的客棧睡下再說，但我們的英雄雖然有些糊塗，卻絕不賴皮。丟人的事，死也不肯做的。

「就算要做賊，也得做大強盜，絕不能做偷雞摸狗的小偷。」

到了第二天下午，郭大路忽然想到做賊。

這念頭連他自己也不知道是從哪裡來的——大概是從他那已快被磨穿的肚子裡來的。

「做賊也並不太壞，有很多劫富濟貧的義盜，他們的故事豈非也一樣能在江湖中流芳千古麼？」

於是郭大路決定做強盜，當然是做個義盜、大盜。

這次他決定只許成功，不許失敗。

「要做好一件事，還未開始時，就一定先得計劃周密。」

要做個賊，該計劃些什麼？

第一，當然是要找個合適的對象下手，這人一定要很有錢，而且為富不仁，如果是貪官污吏更更好。

你搶了這種人的錢，別人非但不會怪你，反而會拍手稱快。

郭大路打起精神，開始四下找，找了很久，終於找到對象。

那是一棟座落在山腰上的房子，房子很大，建築得很堂皇。

那表示房主一定很有錢。

房子距離市區很遠，很偏僻，附近簡直可說是荒無人煙，距離這房子最近的地方，就是墳場。

這表示房主一定不是光明正大的人，光明正大的人絕不會住在這種地方。

所有的條件都很適合，現在只等到了合適的時候，就去下手。

最合適的時候自然是晚上。

但郭大路卻等不及了，黃昏時就闖進了這房子。

他第一眼看到的東西，是張床。

一張很大很大、很舒服很舒服的床。

床上躺著個人。

除此之外，他再也沒看到別的。

這房子很大，建築很堂皇，前前後後，至少也有三十間房，最大的一間房大得可以同時擺下十幾桌酒。

但前前後後幾十間屋子裡，除了這張床，這個人之外，什麼都沒有了，甚至連桌子和凳子都沒有。

郭大路怔住了。

躺在床上的那個人並沒有睡著，眼睛一直睜得很大，可是儘管他前前後後的跑，前前後後的找，這人始終沒有理他。

到後來郭大路忍不住衝到這人床前，想問問他究竟是怎麼回事。

這人卻反而先問：「找到什麼值錢的東西沒有？」

郭大路只好搖搖頭。

這人嘆了口氣，道：「我早就知道你找不到的，我已經找了三天，連最後一個破鐵鍋都被我拿去換燒餅了。你若還能找到別的，那本事真不小。」

他長得本不算難看，只不過顯得面黃肌瘦，連說話都是有氣無力的樣子，的確像是已餓了好幾天。

但他睡的這張床，卻不折不扣是張好床。

這空房子裡怎麼還會有這麼樣的一張好床？這人睡在床上幹什麼？

郭大路忍不住問道：「這裡究竟是什麼地方？」

這人道：「說起這地方，可真是大大有名。」

郭大路道：「有名？有什麼名？」

這人道：「你聽見過富貴山莊這名字沒有？這裡就是富貴山莊。」

郭大路幾乎忍不住叫了起來，道：「富貴山莊？這見鬼地方居然叫富貴山莊？」

這人道：「一點也不錯，胖子既然可能變得很瘦，富貴山莊也可能變得很窮，這又有什麼好稀奇的呢？」

郭大路道：「那麼，你又是何許人也？耽在這種鬼地方幹什麼？」

這人清了清喉嚨，道：「我不耽在這裡耽在哪裡？我就是富貴山莊第七代的莊主。」

郭大路又怔住了。

這人的眼睛一直盯著他手裡的劍，忽又道：「你這把劍看來到不錯。」

郭大路道：「本來就不錯。」

這人道：「看來總還值好幾兩銀子吧。」

郭大路又叫了起來道：「好幾兩？你識貨不識貨？告訴你，這柄劍是我花一百多兩銀子買來的。」

這人的眼睛裡好像有了光，說話的聲音也響了，道：「你從這裡下山，往左走，有家利源當舖，那裡的朝奉雖然是個刮皮鬼，倒還很識貨，你乘他們還沒有打烊，趕快去，這柄劍至少還可以當二十兩銀子。」

他嚥了口口水，接著又道：「當舖的斜對面，就是家老廣開的燒臘店，做的燒鴨和脆皮肉都不錯，隔鄰還有酒賣。你當來銀子後，就先買兩隻燒鴨、五斤肉、十斤酒，趕快送回來，我已經餓得很了，而且燒鴨冷了也不好吃。」

郭大路瞪大了眼睛，瞧著這人，那表情簡直就和羅振翼在聽他說話的時候一樣。

過了很久，他才吐出口氣，道：「你叫我去把自己的劍當了，買酒肉回來送給你吃？」

這人笑道：「你總算聽懂了。」

郭大路道：「你不知道我到這裡來，是想來搶錢的？」

這人道：「我當然知道，你是想來幹什麼的？」

郭大路瞪眼道：「你既然知道我是強盜，還想在我身上打主意？」

這人笑道：「你雖是強盜，我卻是窮鬼，強盜遇見窮鬼，也只有自認晦氣。」

郭大路瞧著他，忽然發覺這人笑得很可愛，甚至很嫵媚。

他自己也忍不住笑了，道：「就算你想在我身上打主意，至少也該自己把我這柄劍拿去當，自己去買酒回來給我吃才對呀。」

這人道：「要做好人就做到底，還是你走一趟。」

郭大路道：「你呢？你連動都懶得動？」

這人嘆了口氣，道：「你想，我若是不懶，又怎麼會窮成這樣子呢？」

郭大路第三次怔住了。他以前實在也沒見過這樣的人，他實在也拿這人沒法子

他居然真的將劍換了酒肉回來。

一條鴨腿、半斤酒下了肚，這人才從床上坐了起來，笑道：「我吃了你的酒，卻連你的名字都不知道。」

郭大路道：「我叫郭大路，大方的大，上路的路。」

這人道：「大路——你這人倒真的名副其實，真的很大路。」

郭大路道：「你呢？你叫什麼名字？」

這人道：「我叫王動，帝王的王，動如脫兔的動。」

郭大路看著他，看了很久，突然大笑，道：「我看你實在應該叫做王不動。」

三

只有死人才完全不動。

王動雖不是死人，但動得比死人也多不了多少。

不到萬不得已的時候，他絕不動。

他不想動的時候，誰也沒法子要他動。

油瓶子若在面前倒了，任何人都會伸手去扶起來的，王動卻不動。天上若突然掉下個大元寶，無論誰都一定會撿起來的，王動也不動。甚至連世上最美的女人脫得光光的坐到他懷裡，他還是不會動的。

但他也有動的時候，而且不動則已，一動就很驚人。有一次他在片刻內不停的翻了

三百八十二個跟斗，為的只不過是想讓一個剛死了母親的小孩子笑一笑。

有一次他在兩天兩夜間趕了一千四百五十里路，為的只不過是去見一個朋友的最後一面。

他那朋友早已死了。

有一次他在三天三夜中，踏平了四座山寨，和兩百七十四個人交過手，殺了其中一百零三

個，只不過因為那夥強盜殺了趙家村的趙老先生老兩口子，還搶走了他們的三個女兒。

趙老先生和那三位姑娘他根本全不認得。

若有人欺負了他，甚至吐口痰在他臉上，他都絕不會動。你說他奇怪，他的確有點奇怪。

你說他懶，他的確懶得出奇，懶得離譜。

現在，他居然和郭大路交上了朋友。像他們這麼樣兩個人湊到一起，他們若不窮，你說誰

窮？

他們雖然窮，卻窮得快樂。

因為他們既沒有對不起別人，也沒有對不起自己。

因為他們既不怨天，也不尤人，無論他們遇到多麼大的困難，多麼大的挫折，都不會令他

們喪失勇氣。他們不怕克服困難時所經歷的艱苦，卻懂得享受克服困難後那種成功的歡愉。

就算失敗了，他們也絕不氣餒，更不灰心。

他們懂得生命是可貴的，也懂得如何去享受生命。

所以他們的生命永遠是多姿多采。這一生中，他們做了許多出人意外、令人絕倒的事，你

也許會認爲他們做的事很愚蠢、很可笑。

但你卻不能不承認，他們做的事別人都做不到。

你也做不到。所以我相信你一定喜歡聽他們的故事。

二　燕七與媽蟻

一

有郭大路和王動這麼樣兩個人，做出來的事已經夠叫人瞧老半天的了，怎麼能再加上個燕七？

燕七一個人做出來的事，已經比別人三百個加起來都要精彩，怎麼能再加上郭大路？再加上王動？

但老天偏偏要叫他們三個人湊在一起，你說這怎麼得了。

二

郭大路和王動並不是天天都窮，時時刻刻都窮的，偶爾他們也會有不窮的時候，只不過誰也不知道他們什麼時候會不窮，更不知道他們錢是從哪裡來的。

連他們自己都不知道。

他們的錢總是來得出乎意外，連他們自己都有點莫名其妙。

這也許因為他們花錢更花得莫名其妙。

已經快秋天了，「富貴山莊」後園裡的樹上，忽然結出了滿樹又甜又大的梨子，摘下來足

足可以裝幾十簍，賣出去居然賣了二三十兩銀子。

梨是自己從樹上長出來後，就有人來問價錢，自己從樹上摘走，從頭到尾都用不著他們出

一分力，幫一點忙。

這錢簡直就好像從天上掉下來的，當然一定要慶祝慶祝。

要慶祝，當然不能沒有酒，有了酒，當然更不能沒有肉。

「穿威風，賭對沖，嫖成空」，只有「吃」最實惠，這是王動的原則，也是他最大的享

受。

開始的時候，他總是躺著吃、睡著吃，吃得高興的時候，才坐起來，但一吃累了，就又要

躺去，躺下去再吃。

所以他那張床簡直比廚房裡的桌子還油膩，你無論往什麼地方去隨手一摸，總會摸出一兩

塊吃剩下的肉，三四根還沒啃完的肉骨頭。

郭大路雖不是很愛乾淨的人，但寧可睡地鋪，也不敢躺在他床上。

王動就樂得獨自享受一張床，這張床不但是他睡覺的地方，也是他的客廳、他的花園、他

的飯桌。

最妙的是，他還能躺在床上喝酒，先把酒瓶子對著嘴，然後「咕嘟咕嘟」一口氣喝下去，

絕不會有半滴酒漏出來。

郭大路對他這手可佩服極了，自己也想學學，又有點猶疑，忍不住問道：「躺著喝酒也能喝得下去麼？」

王動道：「當然喝得下去。」

郭大路道：「會不會從鼻子裡噴出來？」

王動道：「絕不會，就算頭下腳上吊著喝，也不會從鼻子裡噴出來。」

郭大路道：「你怎麼知道？」

王動道：「我試過。」

郭大路笑了，道：「你連坐都懶得坐，怎麼肯把自己吊起來？」

王動道：「你若不信，為什麼不自己試試？」

所以郭大路就把自己吊了起來，然後再將酒瓶對著嘴，慢慢的一口一口往肚子喝，剛喝了兩口，酒已從鼻子裡噴了出來。

就在這時，他看到了燕七──先看到了燕七的一雙腳。

燕七的腳也許和別人沒什麼兩樣，但穿的一雙靴子卻特別極了。

他穿的靴子是用小牛皮做的，手工極精緻，上面還帶著花紋，比起塞外回回大王爺腳上穿的靴子，也毫無遜色。

這並不奇怪。

奇怪的是，他這雙靴子什麼都有，就是沒有鞋底。

他身上穿的衣服本來也很華麗，而且很合身，但現在卻已被撕得七零八落，簡直沒有一塊完整的地方。

只有他頭上戴的帽子，倒不折不扣是頂很漂亮的帽子。

他的人並不太高，但手腳卻很長。

他的臉很秀氣，甚至有點像小姑娘的臉，大大的眼睛，小小的嘴，笑起來的時候還有兩個酒窩；但不笑的時候，他的臉立刻就變得冷冰冰，臉色也白得發青，幾乎令人有點不敢親近。

他的衣服本來好像是淡青色的，現在卻是一塊紅，一塊黃。

黃的自然是泥，紅是的什麼呢？

難道是血？

兩個人好好的在家裡喝酒，突然看到這麼樣一個人闖了進來，無論誰都難免要嚇上一跳。

但郭大路和王動卻還是一個睡著、一個吊著，好像根本沒看到這個人似的。

你走進一間屋子，若是看到一個人睡在床上喝酒，一個人倒吊著喝酒，只怕會以為自己走進了瘋人院，縱然沒有被嚇得奪門而逃，也難免頭皮發毛。

但這人卻像是一點也不覺得驚奇，就好像吊著喝酒本來就是很正常的方式，坐著喝酒才應該奇怪，這人就是燕七。

郭大路的腳倒掛在屋樑上。

燕七突然凌空翻了個跟斗，把一雙腳也倒掛上屋樑，臉對著郭大路的臉，像是覺得這樣子才好說話。

但他卻一句話也沒有說。

郭大路又開始覺得這人有趣了，突然擠了擠眼，做了個鬼臉。

燕七也擠了擠眼，做了個鬼臉。

郭大路道：「你好。」

燕七道：「好。」

郭大路眼珠子一轉，道：「喝口酒？」

燕七道：「好。」

郭大路立刻將酒瓶遞了過去，他存心想看看酒從這人的鼻子裡往外冒的模樣。

誰知這人的技術比他強多了，「咕嘟咕嘟」，一口氣將大半瓶酒全都喝了下去，居然連一滴都沒有漏。

郭大路的眼睛已看得發直，道：「你以前就這樣喝過酒？」

燕七道：「喝過幾次。」

他忽然笑了笑，接著道：「我想試試這麼樣喝酒是不是能喝得下去。」

一個人若連這種事都試過，他沒有做的事只怕就很少了。

郭大路忍不住笑道：「你還試過幹什麼？」

燕七道：「你能說得出來的事，大概我全試過。」

郭大路笑道：「世上大概很少再有別的事比倒吊著喝酒更難受的吧？」

燕七道：「還有幾樣。」

郭大路道：「還有？那麼最難受的事是什麼？」

燕七道：「最難受的事就是被人釘在棺材裡，埋在地下。」

郭大路眼睛瞪得更大，道：「這種事你也試過？」

燕七道：「試過的次數倒也不太多，只不過才兩次而已。」

郭大路突然一個跟斗從半空中跳下來，瞪著他。

燕七臉上一點表情也沒有。

過了很久，郭大路才嘆了口氣，道：「你這人若不是吹牛大王，就一定是個怪物。」

王動忽然道：「他是怪物。」

燕七笑了笑，道：「彼此彼此。」

郭大路撫掌大笑，道：「不錯不錯，大家都是怪物，否則也不會到這裡來了。」

他忽又接道：「我第一次到這裡來，是為了想做強盜，你呢？」

燕七道：「我卻不想做強盜，因為，我早就是強盜了。」

郭大路上上下下打量了他幾眼，忍不住笑道：「像你這樣的強盜，一定是笨強盜。」

燕七道：「不是笨，只不過走了霉運。」

郭大路道：「走了霉運？」

燕七嘆了口氣，道：「若不是走霉運，怎麼會闖到這裡來。」

郭大路道：「對了，你到這裡來，究竟是想幹什麼的？」

燕七道：「什麼都不想幹，只不過想找個地方躲一躲。」

郭大路道：「爲什麼要躲？」

燕七道：「因爲又有人想把我釘在棺材裡，埋到地下去。」

郭大路道：「這次是什麼人？」

燕七道：「螞蟻。」

郭大路張大了嘴，幾乎連下巴都掉了下來，道：「你……你說什麼？」

燕七道：「我說螞蟻。」

郭大路道：「螞蟻？……」

他忽然笑彎了腰，喘著氣道：「你若連螞蟻都怕，膽子可真不小。」

燕七卻嘆了口氣，搖著頭道：「看來你簡直沒有在江湖中混過，居然連『螞蟻』是什麼都會不知道。」

郭大路道：「在我三歲的時候，就知道螞蟻是什麼了。」

燕七道：「是什麼？」

郭大路道：「是一種很小很小的，在地上爬來爬去的蟲。王動的床上就有不少，我隨時可以捉幾隻來給你瞧瞧。」

燕七道：「我說的不是這種螞蟻，是人。」

郭大路怔了怔，道：「人？螞蟻是人？」

燕七道：「是四個人，這四個人是螞蟻王，手下還有很多小螞蟻。」

郭大路道：「哦？」

燕七道：「這四個人一個叫金螞蟻，一個叫銀螞蟻，一個叫紅螞蟻，一個叫白螞蟻。」

郭大路忍住笑，道：「既然有紅螞蟻、白螞蟻，就應該有黑螞蟻才對。」

燕七道：「本來的確有一個，現在卻已死了。」

郭大路眨了眨眼，道：「既然明明是人，為什麼要叫小螞蟻？」

燕七道：「很多人都有外號的。」

郭大路道：「要取外號，至少也該取個威風堂堂點的名字，譬如叫什麼『插翅虎』嘍，『金毛獅』嘍，什麼外號都好取。為什麼要叫螞蟻？」

燕七道：「因為他們都長得很小，都是侏儒。」

郭大路愈聽愈不像話了，還是忍住笑道：「侏儒有什麼可怕的？」

燕七道：「這幾個侏儒非但可怕，而且可怕極了，世上比他們更可怕的人只怕已沒有幾個。」

郭大路道：「哦？莫非他們的本事很大？」

燕七道：「他們每個人都有種很特別的功夫，連峨嵋派的第一高手都已死在他們手下。」

郭大路道：「既然如此可怕，你為什麼還要去惹他們？」

燕七又嘆了口氣，道：「因為我最近鬧窮，又走霉運，半個月裡連輸了十五場，連鞋底都賣了，拿去還賭債……」

郭大路叫了起來，道：「什麼？你說你將鞋底賣了還賭賬？」

燕七道：「不錯。」

郭大路道：「你鞋底賣了多少？」

燕七道：「兩隻鞋底一共賣了一千三百兩。」

郭大路道：「你欠了多少賭賬？」

燕七道：「大概七八千兩。」

郭大路道：「你既然是強盜，為什麼不去搶？」

燕七道：「正因如此，所以我才要打別的主意。」

他愈說愈不像話了，郭大路索性就想再聽聽他還有什麼鬼話可說，拚命忍住笑道：「那就豈非還差六千七百兩？」

燕七正色道：「你以為我這個強盜是什麼人都搶的嗎？」

郭大路道：「你還挑人？」

燕七道：「不但挑人，而且挑得很厲害，不是貪官我不搶，不是奸商也不搶，不是強盜更不搶，人不對不搶，地方不對也不搶。」

郭大路道：「原來你這強盜還強盜？」

燕七道：「不錯，這就叫黑吃黑。」

郭大路道：「所以，你主意就打到那些螞蟻頭上去了。」

燕七道：「對了，我碰巧知道那幾天他們做了票大買賣，所以就去問他們借一萬兩銀子。」

郭大路道：「他們答應了沒有？」

燕七道：「答應是答應了，卻有個條件。」

郭大路道：「什麼條件？」

燕七道：「他們要我睡在棺材裡，再埋到地下去躭兩天，看看我究竟死不死得了。」

郭大路道：「這樣的事你豈非早就幹過了麼？」

燕七道：「雖然幹過，但那滋味卻實在不好受。」

郭大路道：「所以你就沒有答應。」

燕七道：「我答應了，因為什麼債都可以欠，只有賭債是欠不得的。」

郭大路道：「你答應了他們，卻又不肯認賬，所以他們才來追你？」

燕七道：「一點也不錯。」

郭大路道：「你叫什麼名字？」

燕七道：「燕七。」

郭大路道：「你還有六個哥哥姐姐？」

燕七道：「沒有。」

郭大路道：「你既然不是排行第七，為什麼要叫燕七？」

燕七道：「因為我已死過七次。」

郭大路道：「若是再死一次，你豈非就要叫做燕八了？」

燕七苦笑了笑，道：「燕七這名字蠻好，我不想再改了。」

郭大路突然彎下腰，大笑了起來，笑得眼淚鼻涕都流了出來，指著他笑道：「你不是怪物，你不折不扣是個吹牛大王。」

燕七道：「我說的話你不信？」

郭大路道：「連一個字都不信，你說的話簡直連三歲大的小孩子都不會相信。」

燕七嘆了口氣，道：「我本來就不打算說真話的，因為我早就知道謊話比真話更容易令人相信。」

郭大路笑道：「你說的若是真話，我情願在地上爬……」

突聽一人道：「你爬吧。」

這聲音又尖又細，聲音雖不大，卻刺得人的耳朵發麻。

郭大路抬起頭，就看到一個人。

這人就站在窗台上，卻還沒有窗子高。

窗子最多也不過只有三尺半。

他身上穿著件金光閃閃的衣服，若不是臉上生著鬍鬚，眼角有了皺紋，無論誰都會將他看成個五六歲的小孩子。

郭大路怔了半晌，才長長吐出口氣，道：「你就是金螞蟻？」

金螞蟻道：「不錯，所以我可以保證他說的全都是真話，一個字也不假。」

郭大路又吐了口氣，苦笑道：「金螞蟻既然來了，銀螞蟻呢？」

話未說完，窗子上就又出現了個人。

這人總算比金螞蟻高些，但，最多也只不過高兩三寸。

他身上穿著件銀光閃閃的衣服，臉上還戴著個銀面具，看來就像是個用白銀鑄成的小妖怪，實在說不出的詭秘可怖。

連郭大路都覺得有點毛骨悚然，喃喃道：「看來紅螞蟻穿的一定是紅衣服。」

只聽一人嬌笑道：「你猜對了。」

笑聲又清脆，又嬌媚，這麼好聽的笑聲無論誰都很少能聽到。只要聽到這種笑聲，就可以想像到笑的人一定很美。

紅螞蟻的確很美。

侏儒的身材本來一定不會長得很勻稱，但她卻是例外。

她穿著件緊身的紅衣服，該細的地方絕不粗，該胖的地方絕不瘦，一張端端正正的瓜子臉，眉似遠山，目如春水，笑靨甜甜的，更濃得化不開，只要將她再放大一倍，就是個絕色的美人。

若是真的將她放大了一倍，甚至連郭大路這種男人也許都不惜為她犯罪。

縱然還沒有放大一倍，郭大路的眼睛也不禁瞧得發直了。

她那雙春水般的眼波也正在瞟著郭大路，媚笑道：「你這人的眼睛不老實。」

郭大路嘆了口氣，道：「我本來就不是個老實人，從頭至腳都沒有一個地方老實的。」

紅螞蟻咯咯笑道：「難道你是個色鬼？」

郭大路道：「雖然不完全是，也差不了多少，只可惜……」

紅螞蟻臉上的笑容忽然不見了，道：「只可惜怎麼樣？」

郭大路道：「只可惜人不能縮小，否則我倒也想變成個黃螞蟻。」

紅螞蟻咬著嘴唇，嘴角又露出了甜甜的笑容，道：「你敢調戲我，膽子倒真不小，難道就不怕我的老公吃醋麼？」

郭大路道：「你老公是誰？白螞蟻？……聽說白螞蟻會飛的。」

紅螞蟻嬌笑著，道：「你又猜對了，真是個天才兒童。」

銀鈴般的笑聲中，窗外忽然有樣東西飛了進來。

這樣東西無論怎麼看都不像是個人，輕飄飄的，就像是片淡淡的雲，又像片白白的雪，輕

飄飄的飛了進來，突然「呼」的從郭大路頭頂上飛過。

郭大路只覺頭頂一涼，若不是躲得快，腦袋說不定已搬了家。

只聽「呼」的一聲，這片東西又飛了回來。

這當然不是人，人絕不會有這麼可怕的輕功。

但他卻偏偏是個人，一個穿著雪白衣裳的人，袖子又寬又大，就像是兩隻翅膀，人卻又瘦

又小，長不滿三尺半，寬不及一尺，若是放在秤上秤一秤，絕不會比一隻兔子重多少。

若不是這麼樣一個人，又怎麼會練得成這麼樣的輕功？

郭大路又嘆了口氣，喃喃道：「白螞蟻果然是會飛的。」

燕七道：「白螞蟻輕功天下第一，紅螞蟻全身都是暗器，金螞蟻拳劍雙絕，銀螞蟻刀槍不

入。我早就說過，他們每個人都有種很特別的功夫，現在，你總該相信了吧？」

郭大路苦笑，道：「你要我現在就爬，爬出去，還是等等再爬？」

白螞蟻冷冷道：「最好現在就爬，爬出去，免得被人抬出去。」

紅螞蟻吃吃笑道：「你看，我說他會吃醋的，現在你總也該相信了吧？」

金螞蟻道：「我們的事與你們無關，你們的確還是爬出去的好。」

郭大路道：「我不會爬，你最好先教教我。」

紅螞蟻笑道：「看來我們只帶一口棺材來的確太少，應該帶三口來才對。」

郭大路道：「你們連棺材都帶來了？真的要把他釘入棺材？」

金螞蟻道：「我早就說過，他說的話，每個字都不假。」

燕七忽然拍了拍郭大路的肩膀，笑道：「這是我惹的麻煩，用不著你來逞英雄、管閒事。」

紅螞蟻笑道：「這就對了，反正你已死過七次，再多死一次又何妨？」

燕七道：「這是人家的地方，我要死，也不能死在這裡。」

白螞蟻道：「那麼你出去。」

燕七拍了拍衣服，笑道：「出去就出去……兩位，這次我若還死不了，一定會回來找你們喝酒的。」

王動一直睡在床上，一動也不動，此刻忽然道：「等一等。」

金螞蟻道：「等什麼？」

王動道：「你可知道這是什麼地方？」

紅螞蟻吃吃笑道：「我知道，這是你的豬窩。」

王動道：「這裡若是豬窩，我就是豬大王，無論誰到了這裡，都得聽我的。」

金螞蟻怒道：「你要怎麼樣？」

王動道：「我要燕七留下來陪我喝酒，要想再找個能倒吊著陪我喝酒的人並不容易，我怎

麼肯讓他睡到棺材裡？」

郭大路笑了，道：「你想動了麼？」

王動道：「這些螞蟻會咬人，我想不動也不行。」

郭大路道：「怎麼動？」

王動道：「紅螞蟻是我的，白螞蟻歸你。」

他認準了紅螞蟻。

不但人撲了出去，他身上蓋著的那床被也跟著撲了出去。

這句話剛說完，他的人已忽然從床上彈起，撲了出去。

王動不動，一動起來就動得厲害。

紅螞蟻卻根本看不到他的人，只看到一床黑黝黝的棉被向自己捲了過來。

她身子一轉，已有三四十件五顏六色、各式各樣的暗器飛了出來，有的又快又急，有的互

相撞擊，有的在空中打著轉。

因為她的人小，所以暗器也特別小。

因為暗器特別小，所以破風之力特別強，別人也特別難躲。

但她卻忘了一件事，棉被不是人。

棉被是打不死的。

她的暗器雖然奇巧，手法雖然高明，也一點用都沒有。

只聽「噗、噗、噗」一連串聲響，三四十件暗器，全都打在棉被上，棉被上有豬油、有鴨油、有雞油，還有麻油。

這床棉被簡直就像是用油泡過的，泡得又滑又韌，就算是強弓硬弩，也未必能夠射得穿，何況是這麼小的暗器？

等到紅螞蟻發覺上當了，身形向後倒掠而出，棉被已烏雲般捲了過來。

王動不動，誰也想不到他一動起來竟這麼快。

紅螞蟻剛嗅到一種奇奇怪怪的油膩味道，整個人已被棉被包了起來。

她的人若是長得高大些，王動也未必能用床棉被將她包住，怎奈她的人實在太小了，王動兩手一圍，她整個人已像是裹粽子似的被包在中間。

王動的身子卻還是沒有停，只聽身後風聲響動，白螞蟻已飛掠了過來，王動再快，也沒有這隻會飛的白螞蟻快。

眨眼間白螞蟻就已追上了他。

王動就是要白螞蟻追上他，因為他知道自己絕對追不上白螞蟻。

等白螞蟻追過來了，他身子驟然一停，一轉，將手裡的一捲棉被送了過去。

棉被裡捲著的是自己的老婆，白螞蟻當然不能不接住。

這捲棉被比他的人大一倍，重兩倍，他一伸手接住，身子就立刻往下掉。王動卻已繞到他

背後，輕輕鬆鬆就拍了他的穴道。

白螞蟻小小的臉上青筋暴露，瞪著他，連眼珠子都好像要凸了出來。

王動卻又不動了，淡淡笑道：「你敗得不甘心是不是？因為我用的不是真功夫。告訴你，若用真功夫就不算本事了。我打架從來也不用真功夫的。」

白螞蟻氣得簡直要吐血。

王動的確好像連一點真功夫也沒有，完全是投機取巧。

但若沒有一等一的真功夫，又怎能這麼樣投機取巧？時間又怎能拿得這麼準？出手又怎會這麼穩？

這不但手腳上要有真功夫，腦袋裡更要有真功夫。

王動不動，一動起來可真不得了。

再看那邊的金螞蟻，已被郭大路的拳風迫得連氣都透不過來。

燕七卻在圍著銀螞蟻打轉。

銀螞蟻個子雖較大，卻是一身的硬功夫，功夫一硬，手腳就慢。

燕七轉得愈急，他愈慢。

突然間，燕七摘下頭上的帽子，往他頭上一扣，帽子大，頭小，他整個頭都被蒙住，什麼都看不見了。

燕七伸腳一絆，他就跌倒，只聽「嘩啦啦」一聲，原來他身上穿的竟是銀甲，一跌倒再想

爬起來，就不容易。

他想去抓頭上的帽子，但人已被一樣很重很重的東西壓住。原來燕七已一屁股坐在他身上，笑嘻嘻道：「這凳子倒不錯，只可惜太小了些。」

金螞蟻呢？他本就連氣都透不過來了，此刻一發急，一口氣就被憋在肚子裡，用不著郭大路動手，他自己就暈了過去，嘴角吐出了白沫。

郭大路嘆了口氣，道：「原來這人有羊癲瘋，看來我找錯人了。」

王動道：「我本來說白螞蟻歸你，你沒聽見？」

郭大路笑道：「你說你的，我找我的，白螞蟻我追不上他，他卻一定會去追你，所以我就挑了這金螞蟻。無論如何，我塊頭總比他大些，力氣自然也不會比他小，就憑力氣我就已吃定他了。」

王動也嘆了口氣，喃喃道：「想不到你這人居然也會撿便宜。」

郭大路道：「我也想不到你這床棉被居然還有這麼大用處，以後若有人要學接暗器，我一定要勸他在床上吃油雞。」

王動道：「雞油太少，還是吃燒鴨好。」

燕七突然長長嘆息了一聲，道：「我想不到的是，居然會遇見你們這麼樣兩個人，大概是我的霉運已走得差不多了。」

郭大路笑道：「這只因你真的是怪物，不是吹牛大王。」

燕七道：「你們肯幫我的忙，就因為我說的是老實話？」

郭大路道：「也因為你能倒吊著喝酒。」

燕七也笑了，道：「若不是看到你倒吊著喝酒，我又怎麼會說那種話？」

他忽又嘆了口氣，道：「其實我還有句話要說的，卻又不知道是不是應該說。」

王動道：「你是不是想謝謝我？」

燕七嘆道：「這樣的事，我實在不知道應該怎麼謝法？」

王動道：「你若真要謝我，倒有件事可以做。」

燕七道：「什麼事？」

王動道：「把我抬回床上去，我又懶得動了。」

三

「富貴山莊」無論在任何人眼中看來，都不會是一個很有趣的地方，簡直連一樣可以使人留戀的東西都沒有。

奇怪的是，燕七居然也和郭大路一樣，一來了就再也捨不得走。

這倒並不是因為他們已沒有別的地方可去，而是因為……

因為什麼呢？連他們自己都不清楚。

有些人彼此之間，彷彿有種很奇怪的吸引力，正如鐵和磁石一樣，彼此只要一遇著，就會

被對方牢牢的吸住。

這些人只要彼此能在一起就會覺得很開心，睡地鋪也沒關係，餓兩頓也沒關係，甚至連天塌下來他們都不會在乎。

世上只有很少幾件事能令他們受不了，其中有一樣就是眼淚。

女人的眼淚，尤其是一個還不滿四尺的小女人的眼淚。

紅螞蟻的人雖小，但眼淚卻真不少。

郭大路忽然發覺一個女人眼淚的多少，和她身材的大小連一點關係都沒有，愈瘦小的女人，眼淚往往反而愈多。

女人本就有很多事都是這樣子的。

愈胖的人吃得愈少，愈醜的人花樣愈多，愈老的人粉擦得愈厚，衣服愈多的人穿得愈薄。

「唉，女人真是種奇怪的動物。」

郭大路嘆了口氣，紅螞蟻一直不停的哭，已哭得他受不了。

他只好走。

燕七卻不讓他走。

王動早已又躺了下去，蒙頭大睡，他只要一睡著，就死人不管了。

燕七拉住郭大路，道：「你若再走，我拿這四個人怎麼辦？」

郭大路道：「這本就是你的麻煩，不是我的。」

燕七道：「但若不是你們幫我，我怎麼能將他們抓住，他們若沒有被我抓住，我怎麼會有這種麻煩？」

郭大路怔住了。

燕七還怕自己說得不夠明白，又道：「你們若不幫我，我就會被他們抓住，最多再死一次，連一點麻煩都沒有。但現在我既不能殺他們，又不能放他們，你說該怎麼辦？」

他說得愈明白，郭大路愈糊塗。

王動忽然從被裡伸出頭來，笑道：「我倒有個好法子。」

燕七鬆了口氣，道：「你為何不早說？」

王動道：「你既不想殺他們，又不想放他們，不如就將他們留在這裡，養他們一輩子。」

郭大路立刻拍手笑道：「不錯，的確是好主意，反正他們人長得這麼小，吃得絕不會多。」

紅螞蟻也立刻不哭了，道：「我每天只要吃兩小碗珍珠粉拌飯，再加上一點海鮮，幾片水蜜桃就夠了；沒有水蜜桃，哈密瓜也行。」

燕七的臉上一點表情也沒有，站在那裡，喃喃道：「珍珠粉拌飯？海鮮？水蜜桃？……這倒也不難。」

他忽然轉過身，掉頭就走。

郭大路道：「你到哪裡去？」

燕七道：「找那口棺材，躺下去，再找個人埋起來，這至少總比每天找珍珠粉水蜜桃容易多了。」

郭大路嘆了口氣，道：「這麼樣看來，為了要救你，就只好把他們放走了，這至少也比再找個能吊起來喝酒的人容易得多。」

他嘴裡說著話，手裡已解開了螞蟻們的穴道。

他們來得快，走得也不慢。

三個人眼看著他們走出去，然後忽然一齊轉過去，我看著你，你看著我。

郭大路道：「你早就想放他們走了，是麼？」

燕七道：「哦？」

郭大路道：「可是，你又不好意思明說，因為我們也出了力，若就這樣放他們走了，你怕我們不甘心，其實……」

燕七道：「其實你也早就想放他們走了，是麼？」

三個人你看著我，我看著你，忽然，一齊大笑了起來。

郭大路笑道：「看來放人不但比殺人容易，而且愉快得多。」

燕七道：「一點也不錯，我們若殺了他們，現在絕不會這麼開心。」

王動道：「但我們放了他們後，他們若再去害別人，那就不愉快了。」

郭大路搖搖頭，大聲搶著道：「絕不會，我看他們並不是十分壞的人。就算以前做過不太

好的事，此後一定會改過的。」

他忽然擠了擠眼，壓低聲音，道：「就算他們真的很壞，聽到了我這句話後，也一定不好意思再去做壞事了。」

燕七道：「你想他們會不會聽到？」

王動道：「當然聽得到，這人說話的聲音連十里外的聾子都能聽得到。」

郭大路笑道：「對了，我嗓子一向不錯，以前還有很多人說我是天生的金嗓子，等我心情好的時候我唱兩段給你們聽聽。」

王動嘆了口氣，道：「你若一定要唱，最好等我睡著了再唱。」

他將頭又蒙進被裡，道：「只要我一睡著，你就算踩到雞脖子，我都不會醒的。」

他們就是這麼樣的人，他們做事的法子的確特別得很。

他們有時做得很對，有時也會做錯。

但，無論如何，他們做事，總不會做得血淋淋的，令人覺得很噁心。

他們做的事，不但能令自己愉快，也能夠令別人歡樂。

三　林太平

一

每個月裡，燕七都會一個人溜出去兩三次，誰也不知道他到什麼地方去了，更不知道他去幹什麼。

每次他回來的時候，總會帶一兩樣奇奇怪怪的東西回來。

他帶回來的說不定是雙新襪子、是塊繡花手帕、也說不定是鍋紅燒肉、是一整罈家釀的糯米酒。

有時他甚至會帶隻花貓、帶隻金絲雀、帶幾條活魚回來。

但無論是什麼，都沒有他這次帶回來的東西奇怪。

這次他居然帶了個人回來。

一個活生生的人。

這人叫林太平，但自從他來了後，就沒有一個人的日子過得太平。

二

有些人很喜歡冬天，因為冬天可以賞雪、賞梅，可以吃熱烘烘的火鍋，可以躲在熱烘烘的

被窩裡讀禁書、睡大覺。

這些享樂趣都是別的季節享受不到的。

喜歡冬天的人當然絕不會是窮人，冬天是窮人最要命的日子，窮人們都希望冬天能來得遲

些，最好永遠莫要來。

只可惜窮人的冬天總是偏偏來得特別早。

現在已經是冬天了。

富貴山莊院子裡的雪也和別的地方一樣白，而且也有幾株梅花。但一個人的身上穿的若還

是春天的薄衣服，肚子裡裝的若還是昨天吃的陽春麵，他唯一還有心情欣賞的東西就是可以往

嘴裡吞下去、塞飽肚子的，絕不會是白雪梅花。

郭大路望著院子裡的白雪梅花，喃喃道：「這梅花若是辣椒多好。」

王動道：「有什麼好？」

郭大路道：「你看，這滿地的雪豈非正像是麵粉，配上幾根紅辣椒，豈非正好做一碗辣呼

呼的熱湯麵。」

王動嘆了口氣，道：「你這人真俗，林逋若聽到你的話，一定會活活氣死。」

郭大路道：「林逋是誰？」

王動道：「連林逋你都沒有聽說過？」

郭大路道：「我只聽說過肉脯，無論是豬肉脯、牛肉脯、鹿肉脯，用來下酒都不錯。」

王動道：「林逋就是林君復，也就是林和靖，是宋真宗朝的一位大隱士，隱居在西湖孤山，據說有二十年沒有下山一步，除了種梅養鶴外，什麼事都不做，世稱『梅妻鶴子』；做的詠梅詩有兩句是『疏影橫斜水清淺，暗香浮動月黃昏』，更是傳誦千古。」

郭大路悠悠道：「這麼樣說來，這位林先生倒的確是位高人。」

王動道：「高極了。」

郭大路道：「但他的肚子若餓得和我一樣厲害，還會不會這麼高？」

王動想了想，忽然笑道：「到了你這種時候，我想他說不定比你還俗。」

郭大路也笑了。

他忽然發現一個人無論多冷多餓，一笑起來總會覺得舒服得多。

就在這時，王動忽然從床上跳了起來，大聲道：「想起林和靖，我倒想起一樣事來了。」

郭大路從床上跳起來的事，那真是非同小可。

能叫王動從床上跳起來的事，那真是非同小可。

郭大路忍不住問道：「你想起了什麼？難道也想把梅花作老婆？」

王動道：「我這梅花比老婆還好，是酒……」

郭大路的下巴立刻好像要掉下來了，喃喃道：「酒？哪裡來的酒？」

王動道：「就在梅花下面。」

郭大路苦笑道：「把梅花當老婆已經夠瘋了，想不到這人居然更瘋。」

但梅樹下的的確確埋著一罈酒。

王動道：「這酒還是我十幾年前埋下去的，那年我剛聽到林和靖的故事，也愛上了梅花，所以就弄了罈酒埋在梅樹下，想沾點梅花的香氣。」

你無論將一罈酒埋在什麼地方，若已埋了十幾年，這酒都一定會香得很。

郭大路拍碎封罈的泥蓋，閉著眼睛，深深吸了口氣，嘆道：「這不是香氣，簡直是仙氣。」

王動笑道：「你現在總該感激林先生了吧，若不是他，我就不會埋起這罈酒；若不是他，我也不會想起有這罈酒。」

郭大路已經沒工夫說話了，有酒喝的時候，他的嘴絕不做別的事。

他捧起酒罈就想往嘴裡倒。

王動卻拉住了他，道：「等一等。」

郭大路道：「還等什麼？」

王動道：「燕七已經出去了兩天，算時間已經快回來了，我們至少該等等他。」

郭大路道：「等多久？他回來的時候我們說不定已凍死了。」

他用不著等這麼久。

燕七的聲音已在牆外響起，道：「你們死了最好，這罈酒我樂得一個人享受。」

王動笑道：「這人不但耳朵長，鼻子也長，我早就知道他一嗅到酒香就會趕回來。」

郭大路也笑了，道：「卻不知這長鼻子帶了什麼東西回來給我們下酒？」

燕七道：「下酒的這次我倒沒帶回來，只帶回來個喝酒的。」

林太平的確是個喝酒的。任何人第一眼看到他，都絕不會相信他能喝那麼多酒。

郭大路第一眼看到他的時候尤其不信。

林太平是個很秀氣、很纖弱，而且非常漂亮的人。若說燕七長得有點像女孩子，那麼他簡直就像是個女孩子化裝的。

他的嘴很小，就算用「櫻桃小嘴」來形容他也絕不過份。

郭大路第一眼看到他的時候，他的嘴閉得很緊，嘴唇的顏色發青，要用很大的力氣才能扳得開他的牙齒灌下酒去。

他已被凍得半死，餓得只剩下一口氣。

郭大路實在想不到世上還有比他更冷更餓的人，苦笑道：「這人你是從哪裡帶來的？」

燕七道：「路上。」

郭大路嘆了口氣，道：「第一次你從路上帶了條貓回來，第二次帶回條狗，現在居然撿到一個人了。照這樣子下去，你下次豈非要從路上帶個大猩猩回來？」

王動笑道：「最好是母猩猩，剛好可以跟你配成一對。」

郭大路也不生氣，笑嘻嘻道：「若是母猴子就糟了，我豈非還得叫她一聲王大嫂？」

他身材很高大，比王動至少要高一個頭，這一向是他最自傲的事。若有人用這件事來笑他，他非但不生氣，而且還很得意。

他總認爲這樣才像個男子漢大丈夫的樣子。

燕七已找了個破碗，舀了半碗酒，用力扳開林太平的嘴灌了下去。

喝到第二碗的時候，他蒼白的臉上才漸漸有了些血色，但眼睛還是閉著的，將嘴裡剩下的半口酒慢慢的嚥下去，才說了句話：「這是三十年陳的竹葉青。」

這就是林太平說的第一句話。

王動笑了，郭大路也笑了，就憑這句話，他們就已將林太平當成朋友。

郭大路笑道：「想不到這位朋友倒是個喝酒的大行家。」

林太平慢慢的張開眼睛，瞧見燕七手裡的破碗，立刻皺起了眉頭，失聲道：「你們就用這種碗來喝酒？」

他說話的口氣就好像看到有人用鼻子吃飯、用腳拿筷子一樣。

郭大路道：「不用這種碗喝用什麼？」

林太平道：「喝竹葉青就該用翡翠碧玉盞，用這種碗喝，簡直糟蹋了好酒。」

郭大路笑道：「我看你還是將就點吧，只要閉起眼睛，破碗和碧玉盞也沒什麼兩樣。」

林太平想了想，道：「這話倒也不錯，但我還是寧可用罈子喝。」

酒罈就在他面前，他居然真的捧了起來，仰起頭往嘴裡灌。

郭大路在旁邊乾看著，看的眼睛都發了直。

直等半罈酒下了肚，林太平才抹了抹嘴，道：「好酒，下酒的菜呢？」

郭大路道：「下酒菜？」

林太平道：「你們喝酒難道不用下酒菜的麼？」

郭大路笑道：「這你就不懂了，真正喝酒的人，喝酒都不用菜的。」

林太平又想了想，道：「這話也有道理。」

他又仰起頭，居然將剩下的半罈酒又喝了下去。

一罈酒若已埋藏了十幾年，酒已濃縮，剩下的本就只不過有半罈子而已，但酒力卻比普通的兩罈子還大。

林太平居然還是面不改色，道：「這樣的酒還有沒有？」

郭大路只有苦笑，道：「抱歉得很，這罈酒非但是我們三個人今天的全部糧食，也是我們的全部財產。」

林太平怔了怔，道：「你們平常光喝酒，從來不吃飯的？」

郭大路道：「很少吃。」

林太平嘆了口氣，道：「看來你們真是酒鬼，要知道光喝酒最傷胃，偶爾也該吃點飯的。」

他伸了個懶腰，四下瞧了一眼，道：「你們平時就睡在這張床上？」

王動道：「嗯。」

林太平皺眉道：「這床也能睡人麼？」

王動道：「至少總比睡在路上好。」

林太平又想了半天，笑道：「這話也有理，你們說的話好像都蠻有理，看來我倒可以跟你們交個朋友。」

王動道：「多謝多謝，不敢當，不敢當。」

林太平道：「但現在我卻要睡了，我睡覺的時候，不喜歡有人來吵我，你們最好出去逛逛。」

他打了個哈欠，躺到床上，翻了個身，居然立刻就睡著了。

郭大路瞧著王動，苦笑道：「看來他不但酒量比你好，睡覺的本事也不比你差。」

燕七瞧著那空罈子，發了半天怔，喃喃道：「我帶回來的究竟是個人？還是匹馬？」

郭大路嘆道：「馬也喝不了這麼多酒。」

燕七道：「你為什麼不要他少喝些？」

郭大路道：「我就算窮，至少總不是個小氣鬼。」

王動忽然道：「我倒覺得這人很有趣。」

燕七道：「有趣？」

王動道：「他這條命是你救回來的，又喝光了我們三個人今天的糧食，佔據了這屋子裡唯一的一張床。可是他非但沒有說一句感激的話，而且還挑三挑四，還覺得跟我們交朋友，是很給我們面子。」

他笑了笑，接著道：「這樣的人，你說到哪裡才能找到第二個？」

所以林太平也留下來了。

所以在江湖中你若說起「富貴山莊」，那意思並不僅是說一棟靠近墳場、煙囪裡永遠沒有煙，有時甚至連燈火都沒有的空房子。

你只要說起富貴山莊，江湖中人就明白你說的是一個很奇妙的團體——一棟空房子和四個人，他們之間所產生的那種親切、快樂和博愛的故事，還有他們四個人那種偉大而奇妙的友情。

三

這些朋友之間彷彿有種很奇怪的默契，那就是他們從不問別人的往事，也從不將自己的往事對別人說起。

可是在燕七將林太平帶回來的那天晚上，郭大路卻破壞了這規矩。

那天晚上，雪已開始溶化。

林太平還在呼呼大睡，王動當然也不甘示弱，郭大路只有拉著燕七到山下去「打獵」。

打獵的意思就是去找找看有沒有賺錢的機會。

沒有。

雪溶的時候，比下雪的時候更冷，吃飽了就上床，正是對付寒冷最聰明的法子，街道上幾乎連個人影都看不見。

郭大路和燕七就像是兩個孤魂野鬼，高一腳低一腳走在泥濘裡，郭大路一直在瞧著燕七的靴子。

到後來他終於忍不住問道：「你這雙靴子又裝上底了？」

燕七道：「嗯。」

郭大路道：「我從來沒問過你以前那雙鞋底怎會值上千兩銀子的，是不是？」

燕七道：「是。」

郭大路道：「我也沒有問過你怎麼會死過七次的，是不是？」

燕七道：「的確沒有問過。」

郭大路眼睛裡滿懷希望，道：「我若問呢？你肯不肯說？」

燕七道：「也許肯……但我知道你絕不會問的，因為我也從來沒有問過你什麼。」

郭大路板起臉，用力咬著牙齒。

燕七忽又道：「你看林太平是個怎麼樣的人？」

郭大路板著臉道：「我不知道，也不想問。」

燕七笑了，道：「我們當然不會問他，但自己猜猜總沒關係吧。」

燕七又道：「他也許是為了件事，所以從家裡溜了出來。他穿的衣服很單薄，表示他一定是從很暖和的地方出來的。他身上什麼東西都沒有帶，那表示他出來的時候一定很匆忙，說不定是逃出來的。」

郭大路道：「想不到你倒很細心。」

燕七笑了笑，道：「一個人在這麼冷的天氣裡挨凍受餓，一定支持不了多久。」

郭大路嘆了口氣，道：「最多，也不過能支持兩三天。」

燕七道：「你若只能支持三天，他最多就只能支持一天半。」

郭大路笑道：「不錯，我已經習慣了，他卻是個養尊處優的大少爺。」

燕七道：「在這種天氣，一天半之內，無論誰也走不了多遠路。」

郭大路道：「你的意思是不是說，他的家就在附近不遠？」

燕七道：「嗯。」

郭大路道：「附近有什麼豪富人家？」

燕七道：「沒有幾家，武林世家更少。」

郭大路道：「為什麼一定要武林世家？難道他那麼文質彬彬的人也會武？」

燕七道：「非但會武，而且武功還不弱。」

郭大路道：「你怎麼看出來的？」

燕七道：「我就是看出來了。」

他不等郭大路再問，接著又道：「據我所知，附近的武林世家只有兩個。」

郭大路道：「有哪家是姓林的？」

燕七道：「兩家都不姓林，林太平本就不一定姓林，他既然是逃出來的，怎麼會告訴別人他的真名實姓？」

郭大路道：「你知道的是哪兩家？」

燕七道：「一家姓熊，莊主叫『桃李滿天下』熊櫥人，是家大武場的主人，雖然桃李滿天下，自己卻是個獨身漢，非但沒有兒女，也沒有老婆。」

郭大路道：「還有一家呢？」

燕七道：「還有一家姓梅，雖然有一兒一女，但兒子『石人』梅汝甲在江湖中成名已久，年紀一定比林太大得多。」

郭大路道：「他為什麼要起個名字叫石人？」

燕七道：「據說這一家的武功很奇特，所用的兵刃和暗器都是石頭做的，所以他父親叫『石神』，他就叫『石人』。」

郭大路笑道：「那麼他以後生的兒子叫什麼呢？會不會叫石狗？」

這是座很寧靜的山城，街道都很窄小，而且有點陡斜。

兩旁房屋的構造也很平凡。現在雖然還沒有起更，但大多數人家的燈火都已熄了，做生意買賣的也大多都上起了門，就算有的窗戶裡還有燈光透出，燈光也很黯淡。很少有人會在一間屋子裡燃兩盞燈，用蠟燭的更少，因為燈油總比蠟燭便宜。

郭大路嘆了口氣，道：「這實在是個窮地方，人在這裡耽得久了，不但會愈來愈窮，而且會愈來愈懶。」

燕七道：「你錯了，我就很喜歡這地方。」

郭大路道：「哦？」

燕七道：「我無論在什麼地方，都會覺得很緊張，也只有在這裡，才會覺得是自由自在，無拘無束的。」

郭大路道：「因為這地方的人都窮得連自己都照顧不了，所以絕沒有工夫去管別人的閒事。」

燕七道：「你又錯了，這地方一點都不窮。」

郭大路笑道：「比起我們來當然都不窮，可是……」

燕七打斷了他的話，道：「你看著這地方的人窮，只不過是因為他們都不願炫耀而已。譬如說，王動認得的那當舖老闆，他非但不窮，而且還必定是個很有來頭的人。」

郭大路道：「有什麼來頭？」

燕七道：「以我看，這人以前縱然不是個江洋大盜，也必定是個很有名的武林人物。也不知是因爲避仇避禍，還是因爲厭倦了江湖，所以才躲到這裡來。」

他接著又道：「像他這樣的人，在這裡還有不少。將來我若要退休的時候，一定也會住到這裡來的。」

郭大路道：「照你這麼樣說，這裡豈非是個臥虎藏龍的地方？」

燕七道：「一點也不錯。」

郭大路道：「我怎麼看不出？」

燕七笑了笑，道：「一個人若是死過七次，看得就自然比別人多些。」

郭大路道：「但你還是沒看出林太平的來歷，他既然不會是梅家的兒子，也不會是熊家的後代，你說了半天，還不是等於白說。」

燕七沉默了很久，忽然道：「你聽說過『陸上龍王』這名字沒有？」

郭大路笑道：「這名字只有聾子才沒有聽說過，我就算孤陋寡聞，至少總不是聾子。」

燕七道：「聽說陸上龍王也有座別墅在附近。」

郭大路道：「你難道懷疑林太平是他的兒子？」

燕七道：「有可能。」

郭大路道：「沒有可能，絕沒有可能。」

燕七道：「爲什麼？」

郭大路道：「江湖中，人人都知道陸上龍王是個昂藏七尺的男子漢，怎麼會生出個像小姑娘似的兒子來？」

燕七冷冷道：「一個人是不是男子漢，並不是從他外表來決定的。」

郭大路瞧了他一眼，笑道：「當然不是，不過……」

他忽然閉上了嘴，整個人都像是呆住了。

這女孩子非但漂亮，而且漂亮極了。

能令郭大路眼睛發直的，當然是個女孩子，漂亮的女孩子。

郭大路一看到這人，眼睛就發了直。

街上本已沒有行人，這時卻有個人嫋嫋婷婷的走了過來。

她身上穿的雖然是件粗布衣服，但無論什麼衣服穿在她身上，都會變得很好看，郭大路幾乎從來也沒見過身材這麼好的女人。

她手裡提著兩個大籃子，無論誰手裡提著兩個這麼大的籃子，走起路來都一定會像是隻螃蟹。

但她走路的風姿卻還是那麼美，足以令人看得眼睛發直；她手裡若沒有提籃子，郭大路說不定會看得連眼珠子都掉下來。

這女孩子本來並沒有注意到他們，忽然瞟見郭大路失魂落魄的樣子，忍不住抿了抿嘴，嫣

然一笑。

郭大路的一顆心立刻就像鼓槌般「噗通噗通」的跳了起來，直等這女孩子已轉過街角，他還是癡癡的站在那裡。

又過了很久，他才長長嘆了口氣，道：「看來這地方果然是臥虎藏龍⋯⋯」

燕七笑道：「恐怕不是藏龍，是藏鳳吧。」

郭大路道：「對對對，對極了。古人說，十步之內，必有芳草，這句話果然一點不差。」

他忽然挺起胸，道：「你看我長得怎麼樣？」

燕七上上下下的，看了他幾眼，答道：「還不錯，高高的個子，大大的眼珠，笑起來也蠻有人緣的。」

郭大路道：「你若是女孩子，會不會看上我？」

燕七抿嘴一笑，道：「也許⋯⋯」

郭大路道：「能受得了你的女人只怕也沒幾個。」

燕七板起了臉，道：「為什麼？你剛才不是還說我長得蠻好看的麼？」

郭大路忽然見他笑得不但很嫵媚，而且也很像女孩子，也忍不住笑道：「但你若是女孩子，世上只怕沒有一個男人能受得了。」

燕七道：「可是你又髒、又懶、又靠不住，女人喜歡的絕不會是這種男人。」

郭大路笑道：「那只因為你不是女人，其實女人就喜歡這樣子，這樣子才是男兒本色。」

燕七看來好像要吐了，苦著臉道：「你認為剛才那女孩子看上了你？」

郭大路道：「當然，否則她為什麼對我笑？」

燕七忍住笑，道：「女孩子的笑有很多種，她們看見一個人呆頭呆腦的樣子就會笑，看到

癩蛤蟆、豬八戒時也會笑的。」

郭大路火大了，幾乎要叫了起來，道：「你難道認為我……」

他忽又閉上了嘴，因為剛才那女孩子這時又從街角轉了出來。

她手裡提著的籃子本是空的，現在卻裝滿了東西，所以她顯得很吃力；地上又滿是泥濘，

她腳下突然一滑，整個人向前撲倒，手裡的籃子也飛了出去。

幸好她遇見了郭大路和燕七。

燕七的反應一向很快，郭大路的反應也不慢，她腳下剛一滑，他們的人已像箭一般竄了出

去。

籃子還沒有掉在地上，燕七已伸手接著；這女孩子還沒有跌倒，郭大路已伸手將她扶住。

她喘了半天氣，才定過神來，忽然發現一個陌生男人的手還扶著自己，臉上立刻飛紅。

郭大路的心也在跳，才定過神來，忽然發現一個陌生男人的手還扶著自己，臉上立刻飛紅。

少女紅著臉，垂下頭，囁嚅著道：「姑娘沒事麼？」

燕七已發現籃子裡裝的全是吃的東西，有燻雞、有牛肉，還有一張張烙得兩面發黃的油

餅。

他真想說：「你要謝我們容易極了，只要一隻雞、兩張餅。」

但看到郭大路對人家那種深情款款的樣子，他怎麼能丟自己朋友的人？

何況，郭大路早已搶著道：「這是小事，沒關係，沒關係。」

少女忽然抬頭瞧了他一眼，又一笑，道：「你們真是好人。」

她說的雖是「你們」，但眼睛卻只盯著郭大路一個人。

郭大路心也酥了，人也酥了，吃吃的道：「姑娘你……你……你用……用不著客……客氣。」

少女已接過籃子，忽又回頭嫣然一笑，才低下頭往前走。

若說郭大路的魂還在，這一笑可真把他的魂也笑飛了。

他的人雖然像釘子般釘在那裡，但他的魂卻似已被人裝在籃子裡帶走。

燕七道：「有這麼好的機會，你為什麼還不快追過去？」

郭大路嘆道：「你難道認為我真是個色鬼？」

燕七淡淡道：「就算不是，也差不多了。」

那少女本已走出很遠，此刻忽又停下了腳步，回頭笑道：「我買了很多菜，兩位肯不肯賞光跟我回去喝一杯？」

這種要求從一個美女嘴裡說出來，聽在兩個又冷又餓的人耳朵裡，只怕比世上最好聽的音樂都要好聽十倍。

若有人拒絕這種要求，不是呆子才怪。

燕七不是呆子，郭大路更不是。

他嘴裡雖然還在說：「這怎麼好意思呢？」但他的一雙腳卻早已邁開大步，跟了過去。

唉，為什麼英雄總是難過美人關呢？

為什麼郭大路也不問問這女孩子要將他們帶到哪裡去？

看來就算她要將他們帶去賣了，郭大路也會跟著去的。

四　元寶·女人·狗

一

有人說：女人是禍水。

有人說：沒有女人，冷冷清清；有了女人，雞犬不寧。

這些話自然是男人說的。但無論男人們怎麼說，女人總是這世界上所不能缺少的。一萬個男人中，至少有九千九百九十個寧願少活十年也不能沒有女人。

有人說：錢可通神。

有人說：金錢萬惡。

但無論怎麼說，錢也是任何人都不能缺少的。一個人若是沒有錢，就好像一口空麻袋，永遠都沒法子站得直。

這兩樣東西不但可以令最聰明的人變成呆子，也可以令最要好的朋友變成冤家。

四個光棍的男人中若是忽然多了個女人，那情況簡直就像一隻筷子忽然伸到裝著四個生雞蛋的碗裡去，想不攪得一塌糊塗都不行。

王動、郭大路、燕七、林太平，這四個人過的本來的確是自由自在、無拘無束的日子，因

為他們既沒有錢，也沒有女人。

他們每天早上起來的時候都覺得很快樂，因為那倒楣的「昨天」總算已過去，今天又充滿了希望。

可是，忽然間，這兩樣東西都來了，你說要命不要命？

二

王動也許已醒了很久，卻還是躺在地上，一動也不動。

他先把一床破棉被捲成圓筒，然後再一點一點伸進去，把整個人都伸進這個筒裡，四面都密不透風。

老鼠就在他身旁跑來跑去，本來還有點顧忌，不敢在他身上爬；可是後來漸漸就將他看成個死人，幾乎都爬上了他的頭。

王動還是不動。

林太平已注意他很久，到後來實在忍不住了，悄悄走過去，伸出手，伸到他鼻子前面，想試探他是不是還有呼吸。

王動突然道：「我還沒有死。」

林太平嚇了一跳，趕緊縮回手，道：「老鼠在你身上爬，你也不管？」

王動道：「我從來不跟老鼠打交道，也不跟牠們一般見識──只有貓才會跟老鼠鬥氣。」

林太平怔了怔，道：「這裡的確應該養隻貓。」

王動道：「這裡本來有隻貓，是燕七帶回來的。」

林太平道：「貓呢？」

王動道：「跟山下的公貓私奔了。」

林太平瞪大了眼睛，看著他，看了很久。

雪已住，星月昇起。

月光從窗外照進來，照在他臉上。他臉上輪廓極分明，額角寬闊，鼻子高而挺，縱然不是個很英俊的男人，至少很有性格。

「這人看來既不像瘋子，也不像白癡，為什麼偏偏有點瘋病？」

林太平嘆了口氣，四下瞧了一眼，道：「你那兩個朋友呢？」

他實在想找個不是瘋子的人說話。

王動道：「下山打獵去了。」

林太平道：「打獵？這種天氣去打獵？」

王動道：「嗯。」

林太平說不出話來了，他忽然發現了一條定理：

瘋子的朋友一定也是個瘋子。

過了半晌，黑暗中忽然傳出「咕嚕」一聲，接著又是「咕嚕」一聲。

王動喃喃道：「奇怪！今天怎麼連老鼠的叫聲都和平時不一樣？」

林太平臉紅了，吶吶道：「不是老鼠，是……是……」

王動道：「是什麼？」

林太平忍不住大聲道：「是我的肚子在叫，你們難道從來不吃飯的麼？」

王動笑了，道：「有飯吃的時候當然要吃的，沒飯吃的時候也只好聽著肚子叫。」

林太平又怔住了，他實在不懂，一個人連飯都沒得吃，怎麼還能這麼開心？

王動忽又道：「今天你運氣總算不錯。」

林太平苦笑道：「我？運氣不錯？」

王動道：「今天我有種預感，他們打獵的收穫一定不錯，帶回的東西說不定會讓你大吃

……」

他本來想說「大吃一頓」，但這句話沒說完，他自己卻「大吃了一驚」。

郭大路已經回來了，走進了門，而且果然帶了樣東西回來，是個會跑會跳會爬樹，還會

「吱吱」亂叫的東西。

是個猴子。

假如說王動也有臉色發白的時候，那麼就是現在。

看到王動的表情，郭大路幾乎笑斷了腸子，喘著氣笑道：「你用不著害怕，這是個公猴

子，不是母的。」

一個嬌滴滴的聲音在他身後響起，道：「你的朋友怕母猴子？」

郭大路笑得更厲害，道：「的確有點怕，不怕老婆的人這世上又有幾個呢？」

王動板著臉，道：「好笑好笑，好笑極了，世上怎麼會有這麼風趣的人，倒真是怪事。」

林太平既不知道什麼事如此好笑，也不想知道。

他只覺眼前一亮，黑黝黝的屋子裡好像忽然燃起了幾千幾百盞燈。

所有的光亮都是從一個人身上發出來的。這人穿著件粗布衣服，手裡提著兩個籃子，已經

跟著郭大路走了進來。

跟在她後面的還有三個人：一個大人，兩個孩子。孩子們都穿得很整齊，大人的身上卻只

圍著張豹皮。

三四面鑼、五六根竹竿。

這些人已經夠瞧老半天了，卻還不是全部。除了他們之外，還有兩條狗、一大綑刀槍、

王動喃喃道：「我知道他一直想和燕七比比看誰的本事大，誰帶回來的東西多，可是至少

也該給他留點面子，用不著讓他輸得這麼慘呀。」

燕七倚著門，笑道：「雖然輸得很慘，卻輸得口服心服，我出去二十次，帶回來的東西也

沒有他一次多。」

郭大路笑道：「我這些朋友們的嘴巴雖然壞，人倒並不太壞。來，我先替你們引見引見，

這位姑娘是……」

那少女笑道：「還是讓我自己說吧。我叫酸梅湯，這是我的堂哥『飛豹子』，還有我兩個小表弟，一個叫『小玲瓏』，一個叫『小金剛』。」

「飛豹子」是誰？其實根本用不著介紹，別人一看就明白。

但那兩個孩子卻幾乎長得一模一樣，兩人都是大大的眼珠，都梳著朝天辮子，笑起來都有個酒窩。

而且他們的酒窩並不是一個在左，一個在右。

兩個人的酒窩都在右邊。

王動忍不住問道：「誰是小玲瓏？誰是小金剛？」

兩個孩子一齊道：「你猜猜看。」

王動眨了眨眼，道：「小金剛旁邊的是小玲瓏，小玲瓏旁邊的是小金剛，對不對？」

兩個孩子，一齊笑了，其中一個忽然跑過來，湊到王動耳旁，悄悄說了兩句話，又笑道：

「這是我們的秘密，你可不能告訴別人。」

這孩子的笑聲如銀鈴，原來是個女孩子。

郭大路拉起了另一個孩子的手，道：「小玲瓏是你姐姐，對不對？」

這男孩子搖頭道：「不對，她是我妹妹。」

話還未說完，小玲瓏已叫了起來，道：「笨蛋！我早就知道男孩子都是笨蛋，被人一騙就騙出來了。」

小金剛漲紅了臉，抗聲道：「你不笨，你聰明，你為什麼要打扮得和男孩子一樣？」

這孩子的話倒真是一針見血——女人都瞧不起男人，認為男人是笨蛋，但又偏偏希望自己是個男人，這就是女人最大的毛病。

林太平一直眼睜睜瞧著酸梅湯，此刻忽然道：「這些當然不是你們的真名字。」

酸梅湯嘆了口氣，幽幽道：「像我們這些走江湖賣藝的，連祖宗的人都丟光了，哪裡還有什麼真名字？」

林太平也嘆了口氣，道：「走江湖賣藝又有什麼不好？有些人想去走江湖還不行哩。」

酸梅湯又瞧了他一眼，道：「看來你好像有很多心事⋯⋯」

郭大路忽然打斷了她的話，道：「這人本來就像個女孩子。」

林太平瞪了他一眼，臉色已有點變了。

酸梅湯搶著笑道：「難道只有女孩子才能有心事？這麼樣說來，男人豈非真的全都變成沒心沒肺的傻蛋了嗎？」

林太平瞧著她，目光充滿了感激。

郭大路聳了聳肩，道：「就算男人全都沒心沒肺，至少都有肚子。」

酸梅湯吃吃笑道：「你不說我倒差點忘了⋯⋯」

她放下籃子，掀起蓋在上面的紙，自己先撕下條雞腿，又笑道：「其實女人的肚子也並不比男人小多少，只不過有時不好意思吃得太多而已。」

小金剛道：「可是你爲什麼從來也沒有覺得不好意思呢？」

酸梅湯用雞腿去敲他的頭，小金剛搶了半隻雞就跑，猴子在地上不停的跳，兩條狗「汪汪」的叫。

王動搖著頭，喃喃道：「這地方已有十幾年沒這麼熱鬧過了。」

郭大路道：「你放心，這裡還有好幾天熱鬧的。」

王動道：「幾天？」

郭大路望著酸梅湯窈窕的背影，道：「很多天……我聽說他們要找屋子住下來，所以已經把後面那一排五間屋子租給他們了。」

王動幾乎把剛喝下去的一口酒噴了出來，道：「租金多少？」

郭大路瞪起了眼，道：「你以爲我是什麼人？小氣鬼麼？會問人家要租金？若不是我，這樣的客人你連請都請不到。」

王動看著他，看了很久，才長長嘆了口氣，苦笑道：「有件事我已愈來愈不懂了。」

郭大路道：「什麼事？」

王動道：「這房子究竟是你的？還是我的？」

若說世上還有什麼事能令一個又髒又懶的男人變得勤快起來，那就是女人。

第二天一早，王動還躺在「筒」裡，郭大路已經去提水了，林太平卻在屋子裡找來找去

王動忍不住道：「你找什麼？」

林太平道：「洗臉盆、洗臉布，還有漱口杯子。」

王動笑了，道：「這些東西我非但已有很久沒有看到過，有的連聽都沒有聽過。」

林太平就好像忽然被人抽了一鞭子，張大了嘴，吃吃道：「你……你們難道連臉都不洗？」

王動道：「當然洗，只不過是三日一小洗，五日一大洗。」

林太平道：「小洗是怎麼洗？大洗是怎麼洗？」

王動道：「燕七，你洗給他看看。」

燕七伸了個懶腰，道：「我昨天剛洗過，今天該輪到你了。」

王動嘆了口氣，道：「那麼你至少總該把洗臉的傢伙拿過來吧。」

郭大路剛好提了兩桶水進來，燕七就用那個破碗舀了大半碗水，又從牆上拿下塊又黃又黑、本來也不知是什麼顏色的布。

王動這才勉強坐起來，先喝了口水，含在嘴裡，用手攤開毛巾，用力漱了漱口，然後就將一口水「噗」的噴在手裡的布上，隨便在臉上一抹，鬆了口氣道：「好，洗完了。」

林太平就好像看到鬼似的，嚇得臉色發青，道：「這……這就算是小洗？」

王動道：「不是小洗，是大洗。小洗若這麼麻煩那還得了？」

林太平連嘴唇都有點發青，看樣子好像立刻就要暈過去，過了很久很久，才長吐出口

氣，道：「若有誰還能找到比你們更髒的人，我情願跟他磕頭。」

王動笑道：「你現在就磕吧，比我們髒的人滿街都是。」

林太平拚命搖頭，道：「我不信。」

王動淡淡道：「我們的人雖髒，心卻不髒，非但不髒，而且乾淨的很。一個人的心若是髒的，他就算每天用肥皂煮十次，也不算乾淨。」

林太平歪著頭，想了半天，忽然一拍巴掌，道：「有道理，很有道理。一個人若是活得快快樂樂，問心無愧，吃不吃飯都沒關係，洗不洗臉也沒關係。」

他仰面大笑了三聲，跑到院子裡，在地下打了個滾，大笑道：「我想通了，我想通了……我以前爲什麼一直想不通呢？」

王動和燕七含笑瞧著他，像是也都在替他高興，因爲他們也都已看出他本來的確有件很重的心事。

他本來一直不知道自己做得對不對？現在才知道並沒有做錯。

一個人活著，就要活得問心無愧，這才是最重要的。

但郭大路卻在洗臉，嘴裡還喃喃道：「不洗臉沒關係，洗臉也沒關係，是不是？」

他洗完了臉，又用布擦身上的衣服，擦靴子。

燕七冷冷的瞧著他，道：「你爲什麼不索性脫下鞋子洗洗腳？」

郭大路笑道：「我正有這意思，只可惜時間來不及了。」

他忽然衝出門，道：「他們一定也醒了，我到後面瞧瞧去。」

林太平道：「我也去。」

兩人同時衝了出去，就好像趕著去救火似的。

王動瞟了燕七一眼，笑道：「窈窕淑女，君子好逑，你為什麼不去？」

燕七沉著臉，淡淡道：「我不是君子。」

王動道：「你好像一點也不喜歡那酸梅湯姑娘。」

燕七沉默了半晌，忽然問道：「你看他們究竟是幹什麼的？」

王動眼珠子一轉，問道：「他們不是走江湖賣藝的麼？」

燕七道：「你若真的也拿他們當做走江湖賣藝的，你就也是個呆子。」

王動道：「為什麼？」

燕七道：「你難道看不出那隻猴子和那條狗一點也不聽他們的話，顯然是臨時找來裝伴的。還有那飛豹子，故意奇裝異服，其實卻是個很規矩的人，連話都不敢多說，一雙手更是又白又細，哪裡像是個整天提箱子牽狗的？」

王動靜靜的聽著，終於點了點頭，道：「想不到你居然這麼細心。但他們若不是走江湖賣藝的，是幹什麼的呢？」

燕七道：「誰知道，也許是強盜都說不定。」

王動笑道：「他們若真的是強盜就不會來了，這地方又有什麼東西好讓他們打主意的？」

燕七還沒有說話，就聽到後面傳來一聲驚呼。

是郭大路的聲音。

像郭大路這種人，就算看到鬼也不會吃驚得叫起來的。

世上只怕很少有事能令他叫起來。

燕七第一個衝了出去。

王動也動了。

後面的院子比前面小些，院子種滿了竹。以前每當風清月白的夏夜，主人就會躺到這裡，聽那海浪般的竹濤聲。

所以這裡也和其他許多種了竹子的院子一樣，叫做「聽竹小院」，那一排五間屋子，就叫做「聽竹軒」。

可是等到王動做主人的時候，就替它改了個名字，叫「有竹無肉軒」，因為他覺得「聽竹」這名字本來雖很雅，現在卻已變得很俗。

他認為第一個用「聽竹」做軒名的人雖然是個很風雅的聰明人，但第八十個用「聽竹」做軒名的人就是俗不可耐的笨蛋了。

現在這院子裡非但「無肉」，連竹子都幾乎被砍光了。

竹子可以做曬衣服的竹竿，也可以用來搭涼棚，所以王動常常拿竹子去換肉。一個人肚子

很餓的時候，就常常會忘記風雅是怎麼回事。

酸梅湯、飛豹子他們昨天晚上就住在這裡，但現在連人帶狗帶猴子，已全都走得乾乾淨淨，只剩下郭大路和林太平站在那裡發怔。

他們腳旁還擺著幾口箱子，嶄新的箱子。

王動道：「你的客人已不告而別了麼？」

郭大路點了點頭。

燕七冷冷道：「走了就走了，這也用不著大呼小叫，大驚小怪的。」

郭大路也不說話，卻將手裡的一張紙條遞了過來。

紙條上用木炭寫了幾個字：「五口箱子，聊充房租，敬請收下，後會有期。」

燕七道：「住房子本來就要付房租，這也沒什麼好稀奇的。」

郭大路嘆了口氣，道：「稀奇雖不稀奇，只不過付得太多了些。」

王動道：「箱子裡是什麼？」

郭大路道：「也沒什麼別的，只不過幾箱銅臭物而已。」

若說錢有銅臭氣，那麼這五箱東西就足足可以將三萬八千個人全部臭死。

其中四口箱子裡什麼別的都沒有，就只有元寶。大大小小，各式各樣的元寶，最小的也有十兩重，就算臭不死人，也壓得死。

還有一口箱子裡全是珠寶，各式各樣的珠寶，有珍珠、有翡翠、有瑪瑙，還有七七八八一些連名字都叫不出的寶石。

其中無論哪口箱子，都可以把富貴山莊全買下來。

王動和燕七也怔住了。

過了很久，燕七才吐出口氣道：「昨天晚上他們來的時候，並沒有帶這五口箱子來。」

郭大路道：「沒有。」

林太平道：「那麼箱子是哪裡來的呢？」

燕七冷笑道：「不是搶來的，就是偷來的。」

郭大路道：「這些元寶後面的戳記都不同。」

燕七道：「當然不同，誰家裡都不會放著這麼多元寶，他們一定是從很多不同的人家偷來的。」

王動嘆道：「能在一天晚上偷這麼多人家，本事倒真不小。」

燕七道：「這也不稀奇，高明的賊本就能日走千家，夜盜百戶。」

郭大路道：「他們辛辛苦苦偷來的東西，卻送給了我們，這樣的賊倒也天下少有。」

燕七道：「也許他們是想栽贓。」

郭大路道：「栽贓？為什麼要栽贓？我們跟她又沒有仇。」

燕七悠悠道：「你難道以為她真看上了你，特地送這五口箱子來作嫁妝？」

林太平道：「這些全不去管他，問題是我們現在拿這五口箱子怎麼辦呢？」

郭大路道：「怎麼辦？人家既然送來了，我們當然就收下。」

燕七嘆道：「這個人有個最大的本事，無論多複雜的事，被他一說，馬上就變得簡單起來了。」

郭大路道：「這事本來就簡單的很。」

王動道：「不簡單。」

郭大路道：「有什麼不簡單？」

王動道：「他們絕不會無緣無故送我們這麼多財寶，一定另有目的。」

燕七道：「何況，這些東西既然是偷來的，我們若收下來，豈非也變成了賊？」

王動道：「什麼事都能做，只有賊是萬萬做不得的。你只要做了一次賊，嚐著了甜頭，以後別的事就全都不想做了，一輩子就都得做賊。」

燕七道：「而且以後生出來的兒子也是賊，老賊生大賊，大賊生小賊。」

郭大路笑道：「你用不著臭我，我雖也做過一次賊，可是非但沒嚐甜頭，反把最後的一把劍也賠了出去。」

王動道：「做賊也有學問，本來就不是人人都會做的。」

林太平道：「我看我們最好將這些東西拿去還給別人。」

郭大路道：「還給誰？誰知道這些東西是從誰家偷來的？」

燕七道：「不知道可以打聽。」

郭大路道：「到哪裡去打聽？」

燕七道：「山下。這些東西既然全是他們在昨天晚上一夜中偷來的，想必就是在山下偷的。」

郭大路瞧著那整箱的元寶，嘆道：「你說得不錯，這地方的確不是個窮地方。……無論什麼地方有這麼多金子就不是窮地方了。」

他忽又笑了笑，道：「所以這富貴山莊至少在今天真的是名副其實的富貴山莊。」

富貴山莊名副其實的時候雖然並不長，但他們卻還是快樂的。

因為他們作了個最聰明的選擇。

他們放棄了財富，卻留下了良心。

這也許就是富貴離他們最近的時候，但他們並不貪圖富貴，也不要以貪婪、卑鄙、欺詐的方法去攫取富貴，所以他們永遠快樂，就像沐浴在春日陽光中的花草一樣。

他們知道快樂遠比財富可愛得多。

三

麥老廣。

麥老廣是個小飯舖的名字，也是個人的名字。

「麥老廣」的燒臘香得據說可以將附近十里之內的人和狗全都引到門口來。麥老廣也就是這小飯舖的老闆、大師傅兼跑堂。

除了燒臘外，麥老廣只賣白飯和粥。若想喝酒，就得到隔壁幾家的「言茂源酒舖」去買，或者是買了燒臘到言茂源去喝。

有人勸麥老廣，為什麼不帶著賣酒呢，豈非可以多賺點錢？

但麥老廣是個固執的人，「老廣」大多是很固執的人，所以要喝酒，還得自己去買，你若對這地方不滿意，也沒地方好去。

因為麥老廣的燒臘不但最好，也是這附近唯一的一家。

山城裡的人連油燈都捨不得點，怎麼捨得花錢到外面吃飯。所以就算有人想搶老廣的生意，過幾天也就會自動關門大吉。

麥老廣對王動和郭大路他們一向沒有惡感，因為他知道這些人雖然窮，卻從不賒賬。

他們每次來的時候，身上總有兩把銀子，而且每次都吃得很多。無論哪個飯舖老闆都不會對吃多的客人有惡感的。

麥老廣的斜對面，就是王動他們的「娘舅家」。

娘舅家的意思就是當舖。

他們每次來的時候，差不多都會先到娘舅家去轉一轉，出來的時候一定比進去的時候神氣

得多。

但今天卻很例外。

他們走過娘舅家的時候，居然連停都沒有停下來，而且胸挺得很高。看他們走路的樣子，就知道口袋絕不會是空的。

麥老廣又放心，又奇怪：「乜呢班契弟改行做賊？點解突然有咁多錢？」

契弟並不完全是罵人的意思，有時完全是爲了表示親熱。

這次來的有四個人，還沒進門，麥老廣就迎了上去，用他那半生不熟的廣東官話打招呼，道：「你今日點解這麼早？」

天不怕，地不怕，就怕廣東人說官話。

好在郭大路已聽慣了，就算聽不懂，也猜得出。笑道：「不是人來得早，是錢來得早，先給我們切兩隻燒鵝，五斤脆皮肉，再來個油雞。」

麥老廣眨眨眼，道：「唔飲酒？」

郭大路道：「當然要，你先去拿十斤來，等等一齊算給你。」

他說話的聲音也響，因爲他身上有錠足足十兩重的金子。

既然是爲了要打聽誰家被偷的消息，花他們十兩金子又何妨。肚子餓的時候連話都懶得說，怎麼能打聽消息？

所以他們的良心上連一點負擔都沒有。

酒漸漸在瓶子裡下降的時候，責任心就在他們心裡上升起來。

喝了人家的酒，就該替人家做事。

他們絕不是白吃的人。

於是郭大路就問道：「這兩天你可有聽到什麼消息沒有？」

沒有。

城裡最聳動的消息，就是開雜貨店的王大娘生了個雙胞胎。

大家開始奇怪了。

郭大路道：「也許他們不是在這裡偷的。」

燕七道：「一定是。」

郭大路道：「那麼這地方為什麼沒有被偷的人？一夜間偷了這麼多人家，是大事，城裡早該鬧翻天了。」

燕七道：「不是沒有，而是不說，不敢說。」

郭大路道：「被偷又不是件丟人的事，為什麼不敢說？」

燕七道：「一個人的錢財若是來路不正，被人偷了也只好啞巴吃黃蓮，苦在心裡。」

郭大路笑道：「這麼樣說來，可就不關我們的事，我們反正已盡了力，是不是？」

這時酒已差不多全到了他的肚子裡，已快將他的責任心完全擠了出來。他忽然覺得輕鬆的

很，大聲道：「再去替我們拿十斤酒來。」

麥老廣還沒有走出門，門外忽然走進來三個人。

第一人很高，穿的衣服金光閃閃，好像很華麗；第二人更高，瘦得出奇。但這兩人長得究竟是什麼模樣，別人並沒有看清。

因為所有人的目光都已被第三個人吸引。

這人全身都是黑的，黑衣、黑褲、黑靴子，手上戴著黑手套，頭上也戴著黑色的氈笠，緊緊壓在額上。

其實他就算不戴這頂氈笠也沒有人能看到他的臉，他連頭帶臉都用一個黑布的套子套了起來，只露出一雙刀一般的眼睛。

這是夜行人的打扮，只適合半夜三更去做見不得人的事時穿著，但他卻光明正大的穿到街上來。

他長得是什麼樣子？

究竟是個怎麼樣的人？

誰也看不見，誰也不知道，他全身上下根本沒有一寸可以讓人家看見的地方。

但也不知為了什麼，每個人都覺得他全身上下每一寸地方都充滿了危險。

最危險的當然還是他背後揹著的那柄劍。

一柄四尺七寸長的烏鞘劍。

很少人用這種劍，因為要將這麼長一柄劍，從劍鞘中拔出來就不是件容易事，那必須有很特別的手法，很特別的技巧。

能用這種劍的人，就絕不是容易對付的。他既然已很困難的將劍拔出來，就絕不會輕輕易易放回去。

劍回鞘的時候通常已染上了血。

別人的血！

這三個人走進來後，就佔據了最裡面角落的一張桌子，顯然不願意打擾別人，更不願意被別人打擾。

他們要的東西是：「隨便。」

那表示他們既不是為了「吃」而到這裡來的，也不講究吃。

不講究吃的人若不是憂心忡忡，就一定是在想著別的事。無論他們想的是什麼，都一定不會是件令人愉快的事。

林太平一直在瞧著黑衣人的劍，喃喃道：「劍未出鞘，就已帶著殺氣。」

王動道：「不是劍的殺氣，是人的殺氣。」

林太平道：「你們知不知道這人是誰？」

郭大路嘆了口氣，道：「不知道，我只知道我就算已喝得酩酊大醉，也絕不會找這人打

架。」

燕七忽然道：「另外兩個人我倒認得。」

郭大路道：「他們卻不認得你。」

燕七笑了笑，淡淡道：「我算什麼，像他們這麼有名氣的人怎會認得我？」

郭大路道：「他們很有名？」

燕七道：「坐在最外面那個又瘦又高的人，叫做夾棍，又叫做棍子。」

郭大路道：「棍子，倒也像，夾棍這名字就有點特別了。」

燕七道：「夾棍是種刑具，無論多刁多滑的賊，一上了夾棍，你要他說什麼他就說什麼，要他叫你祖宗他都不敢不叫。」

郭大路道：「他也有這種本事？」

燕七道：「據說無論誰遇著他都沒法子不說實話，就算是個死人，他也有本事問得出口供來。」

王動道：「這人的手段一定很辣。」

燕七道：「他還有個外號叫棍子，那意思就是『見人就打』。無論誰落到他的手裡，都免不了要先被他打得鼻青眼腫再說。黑道上的朋友一遇見他，簡直就好像遇見了要命鬼、活閻王。」

王動道：「他是幹什麼的？」

燕七道：「清河縣的捕頭。」

王動道：「清河縣並不是個大地方，豈非埋沒了人材？」

燕七道：「就因為他的手段太辣，所以一直升不上去。但無論什麼地方有了辦不了的大案子，都免不了要到清河縣去借他。」

郭大路道：「那位金光閃閃的仁兄呢？」

燕七道：「他姓金，又喜歡金色，所以叫『金獅』，但別人在背地裡卻都叫他金毛獅子狗。」

郭大路笑道：「憑良心講，這人倒一點也不像獅子狗。」

燕七道：「你看過獅子狗沒有？」

郭大路道：「各種狗我都看過。」

燕七道：「獅子狗臉上什麼東西最大？」

林太平搶著道：「鼻子最大。」

燕七道：「什麼東西最小？」

林太平道：「嘴。」

他笑了笑，又解釋著道：「我小時候養過好幾條獅子狗。」

燕七道：「你們再看看那人的臉。」

從這邊看過去，剛好可以看到那「金毛獅子狗」的臉。

無論誰看他的臉，都無法不看到他的鼻子。

他的鼻子就已佔據了整個一張臉的三分之一。

無論誰的嘴都比鼻子寬，但他的鼻子卻比嘴寬；若是從他頭上望下去，一定看不到他的嘴，因為嘴巴已被鼻子擋住。

郭大路幾乎笑出聲來，忍住笑道：「果然是個特大號的鼻子。」

王動道：「他眼睛一定不太靈。」

郭大路奇道：「你怎麼知道？」

王動道：「因為他眼睛已被中間的鼻子隔開了，所以左邊的眼睛只能看到左邊的東西，右邊的眼睛只能看到右邊。」

他話未說完，連燕七都忍不住笑了起來。

郭大路道：「可是到現在我還沒有找到他的嘴。」

燕七忍住笑道：「他的鼻子下面的那個洞，就是嘴了。」

郭大路道：「那是嘴麼，我還以為是鼻孔哩。」

林太平道：「鼻孔上怎麼會長鬍子？」

郭大路道：「我以為那是鼻毛。」

王動道：「所以他吃東西的時候，別人往往不知道東西是從哪裡吃下去的。」

他們雖然在拚命忍住笑，但這時實在忍不住了。

郭大路笑得幾乎滑到桌子底下去。

那金毛獅子狗忽然回過頭，瞧了他們一眼。

只瞧了一眼，就又轉回頭。

這一眼就已足夠。

每個人都已感覺到他眼睛裡那種逼人的鋒芒，竟真的有點像是雄獅的眼睛，連眼珠子都是黃的。

他們說話的聲音本來就很低，現在更低了。

郭大路道：「這人又是幹什麼的？」

燕七道：「也是捕頭，兩年前還是京城的捕頭，最近聽說已升到北九省的總捕頭。」

郭大路道：「看他穿得就像是個花花公子，實在不像是位名捕。」

王動道：「你也不像窮光蛋。」

林太平道：「他的本事又在哪裡？」

燕七道：「在鼻子上。」

林太平道：「鼻子？」

燕七道：「他的鼻子雖大，卻不是大而無當。據說他的鼻子比狗還靈，一個人只要被他嗅過味道，無論怎麼改扮，都逃不了。」

林太平道：「這本事倒的確不小。」

燕七道：「這兩人可說全都是六扇門裡一等一的頂尖高手，若不是什麼大案子，絕驚動不了他們，所以……」

王動道：「所以你奇怪，他們為什麼忽然到了這種地方來。」

燕七道：「我的確奇怪得很，若說他們是為了昨天晚上的案子來的，他們的消息怎會這麼快？」

就在這時，街上忽然傳來了一聲女人的尖叫聲，就好像有人踩到了雞脖子似的。

然後，他們就看到一個披頭散髮的女人從對面一家房子裡衝出來，一個矮矮胖胖的男人拚命拉也拉不住。

到後來這女人索性賴到地上，嚎啕大哭，邊哭邊叫，道：「我連棺材本都被人偷去了，為什麼不能說？……我偏要說。」

她愈說愈傷心，索性用頭去撞地，大哭道：「天呀，天殺的強盜呀，你好狠的心呀，你為什麼不留點給我？……整整的三千兩金子，還有我的首飾，若有哪位好心的人替我找回來，我情願分給他一多半。」

那男人臉上紅一陣，白一陣，用出吃奶的力氣，總算把她死拖了回去，抽空還扭轉頭，勉強笑道：「我們哪有三千兩金子給人家偷？」

郭大路和燕七交換了眼色，正想問麥老廣：「這人是誰？」

但那夾棍卻比他們問得更快。

他聲音很沉，說話很慢，每個字說出來都好像很費力。那給人一種感覺，他說的每個字你最好都留神去聽著。

麥老廣道：「這夫妻兩人聽說是從封來的，本來做的是棉布生意，積了千多兩銀子，準備到這裡節節省省的過下半輩子。他們家裡若真有三千兩金子被人偷了，那才真是怪事。」

他本不是個多嘴的人，但現在嘴上卻好像抹了油，而且連官話都突然說得比平時標準多了。

夾棍在聽著。

他說得慢，聽得更仔細，像是要把你說的每個字都先嚼爛，再吞到肚子裡去，而且一吞下去就永遠不會吐出來。

等麥老廣說完，他又問道：「他們姓什麼？」

麥老廣道：「男的姓高，女的娘家好像是姓羅。」

夾棍突然站了起來，大步走了出去。

那黑衣人從頭到尾都沒有說一個字，此刻忽然道：「午時到了沒有？」

麥老廣道：「剛過午時。」

黑衣人道：「拿來。」

金獅子遲疑著，道：「這地方不方便吧。」

黑衣人道：「方便。」

金獅子好像嘆息了一聲，從懷裡取出錠約莫有二十兩重的金子，放在桌上，輕輕的推了過去。

黑衣人收下金子，再也不說一個字。

金獅子長長吐出口氣，望著窗外的天色，喃喃道：「一天過得好快。」

可是在有些人看來，這一天就好像永遠也熬不過去似的。

五　劍和棍子

一

棍子並不是人人都喜歡的東西。

但棍子卻很有用。

棍子也比劍勢利，他一棍打下去的時候，往往會先看看打的是什麼。

劍若出鞘，就只找人致命的弱點。

尤其是這柄劍。

這柄劍拔出來的時候要有代價，插回去的時候也要有代價。

拔出來的代價是錢，插回去的代價是血。

二

一個多時辰已過去了，金獅子和黑衣人還坐在那裡，郭大路他們也還坐在那裡。

他們捨不得走，也不能走。

郭大路若是掏出那錠金子來付賬，豈非等於告訴別人自己就是賊。

夾棍終於回來了，郭大路這才看清他的臉。

他的臉就好像只有皮包著骨頭，既沒有表情，也沒有肉。

金獅子道：「怎麼樣？」

夾棍道：「那人不姓高，姓宋，本來是張家口『遼東牛羊號』的賬房，拐了老闆一筆賬，逃到這裡來，所以金子丟了也不敢張揚。」

金獅子冷笑道：「看來這倒正是他常用的手段，先抓住別人的把柄再下手。」

夾棍道：「而且做案的手法也一樣，做得又乾淨又漂亮，門窗不動，金子已丟了。」

金獅子道：「什麼時候的？」

夾棍道：「昨天晚上。」

金獅子道：「他只要一出手，至少就是十三件大案，這是他的老規矩。」

夾棍道：「除了那姓宋的外，我又查出了五家。」

金獅子道：「這五家人身上是不是也都揹著有案子的？」

夾棍道：「不錯。其中居然還有家是以前陸上龍王還未洗手時的小頭目，現在已娶了老婆，生了孩子。」

金獅子道：「他們遇見他，總算也倒了楣，就放他們一馬吧。」

夾棍沒有說話，只是看著自己的手冷笑。

金獅子笑了笑，道：「其實我也知道你絕不肯鬆一鬆手的，只要和陸上龍王沾著點邊的

人，遇著你就倒楣了。可是你也得小心些，真要遇著陸上龍王和那條毒蛇，那時倒楣的可就是你了。」

夾棍還是在冷笑著，沒有說話。

金獅子道：「無論如何，看來我們得到的消息並沒有錯，這些年他的確一直窩在這裡。」

夾棍道：「告訴我這消息的人本來就不會靠不住，否則我怎會要你付一萬兩？」

金獅子道：「可是他既然已在這裡窩了七八年，為什麼忽然又出了手呢？」

夾棍道：「這就叫手癢。」

他們說話完全不怕被別人聽見，郭大路當然每句話都不會錯過。

他也沒法子不承認這夾棍果然有兩下子。

但他們嘴裡說的「他」又是誰呢？

夾棍忽又冷笑道：「他既然昨天晚上還在這裡做了案，就一定還窩在這城裡。今天早上出城的人我都盤過，除了一夥賣藝的稍為扎眼外，別的全是規矩人。」

金獅子道：「他會不會將賊贓叫邢夥賣藝的人夾帶出城？」

夾棍道：「不會，看他們腳底帶起的塵土，身上帶的絕不會超過十兩銀子。」

金獅子嘴角忽然露出了一絲不懷好意的獰笑，道：「這麼樣說來，他一定還在城裡了。」

聽到這裡，郭大路真忍不住想問他們：「你怎麼知道他沒有從小路溜走？又怎麼知道他現在不會溜走？」

郭大路當然不能問。

幸好用不著他問，夾棍自己已說了出來。

「他要一出手至少就是上萬兩的金子，我已在四面都佈下暗卡，無論誰也休想帶著上萬兩的金子溜走。」

金獅子道：「他當然也絕不肯把吃下去的再吐出來。這人見錢如命，有名的連皮帶骨一口吞，吞下去就死也不吐出。」

夾棍冷笑道：「這是他的老毛病，我早就知道這毛病總有一天會要他的命！」

金獅子道：「但這人實在太狡猾，易容術又精，還會縮骨，連身材高矮都能改變，我們還真未必能掏得出他的窩來。」

夾棍突然一拍桌子，道：「這次他若還能逃得了，我就改自己的姓。」

金獅子道：「你找到路沒有？」

夾棍道：「我拚著一個個的問，就算問上三個月，也要把他從窩裡掏出來。」

金獅子瞟了那黑衣人一眼，似乎又皺了皺眉，道：「這城裡每個人你難道都要問？」

夾棍道：「我也知道這是個笨法子，但笨法子往往卻很有效。」

金獅子又嘆了口氣道：「你準備從哪裡開始問？」

夾棍道：「就是這裡。」

他眼睛忽然瞪到郭大路身上。

若是換了別人，心裡本來就有鬼，再被他眼睛這麼一瞪，縱然不嚇得膽戰心驚，臉上也難免要變了顏色。

夾棍就是夾棍，無論誰遇著他都休想不說真話。

但郭大路還是笑嘻嘻的面不改色，一點也不在乎。

他本來就什麼都不在乎，何況現在肚子裡又裝滿了言茂源的陳年竹葉青。

夾棍臉上也連半點表情都沒有，眼睛一直盯著郭大路的眼睛，慢慢的站了起來，慢慢的走了過去。

他臉色變青，眼睛陰森森的，膽小的人在晚上見著他，非但實話要被他逼出來，也許連尿都被嚇出來。

「這人不該叫夾棍，應該叫殭屍才對。」

這句話幾乎已到了郭大路的嘴邊，差點就說出了口——你千萬莫要以為他不敢說，只要酒一到了他肚子裡，「不敢」這兩個字就早已離開他十萬八千里了。

王動他們倒也無所謂：「你只要交上郭大路這朋友，就得隨時準備為他打架。」

打架在他們說來，也早就是家常便飯了。

就連林太平也不例外。

夾棍的眼睛雖沒有瞪著他，他的眼睛卻在狠狠的瞪著夾棍。

看樣子無論是郭大路說錯一句話也好，是夾棍問錯一句話也好，這場架隨時都會打起來。

誰知金獅子忽然道：「這幾個人用不著問。」

夾棍道：「爲什麼？」

金獅子笑了笑，道：「他們肚子裡若有鬼，怎麼會談論我的鼻子？」

原來這人不但鼻子靈，耳朵也很尖。

郭大路忍不住笑道：「你全聽到了？」

金獅子道：「幹我們這行的，不但要眼觀四路，而且要耳聽八方。」

郭大路道：「你不生氣？」

金獅子笑道：「爲什麼要生氣？鼻子大就算很難看，卻一點也不丢人。」

郭大路對這人的印象立刻好起來了，道：「非但不丢人，也不難看。男人就要鼻子大，愈

大愈好，懂事的女人就喜歡大鼻子的男人。」

金獅子大笑道：「你鼻子也不小。」

郭大路摸了摸自己的鼻子，笑道：「馬馬虎虎，還過得去。」

金獅子道：「你們就住在這城裡？」

郭大路道：「不在城裡，在山上。」

金獅子道：「山上也住著很多人？」

郭大路道：「活人就只有我們四個，死人卻倒有不少。」

金獅子道：「死人？」

郭大路道：「我們住的地方就在墳場旁邊，叫富貴山莊，有空不妨過來喝兩杯。」

金獅子道：「一定去拜訪。」

他忽然站了起來，道：「掌櫃的，算賬，這幾位的賬我們也一齊候了。」

郭大路跳了起來，道：「這是什麼話，我們是地主，你一定要讓我們盡一盡地主之誼。」

他不但喜歡交朋友，更喜歡請客。

朋友誰都沒有他交得快，賬也誰都沒有他付得快。可是這次他的手伸進口袋，卻掏不出來了。

他總不能當著人家的面把那錠金子掏出來。

誰知金獅子也並不再搶著付賬，笑道：「既然如此，就恭敬不如從命了，多謝多謝。」

夾棍忽然拍了拍郭大路的肩頭，冷冷道：「這兩天城裡一定很亂，沒事還是耽在家裡的好，免得出來惹麻煩。」

他不讓郭大路說話，手用力在肩上一按，道：「也不勞相送，請坐。」

郭大路笑嘻嘻道：「我坐累了，就想站站。」

夾棍用了八成力，連一點反應都沒有，上上下下瞧了郭大路幾眼，頭也不回的走了出去。

突聽金獅子道：「對面那人各位可認得麼？」

一個身形佝僂，白髮蒼蒼的老頭子手裡提著桶髒水，正從對面的門裡走出來，「嘩啦啦」

將一桶水倒在地上。

郭大路笑道：「當然認得，他就是利源當舖的老朝奉，我們都叫他活剝皮。」

金獅子目光灼灼，不住盯著那老人，直到老人又轉身走了進去，他才笑了笑，道：「各位有僭，我們先告辭了。」

他趕上夾棍，兩人輕輕說了幾句話，一齊向當舖那邊走了過去。

黑衣人這時才慢慢的站了起來，慢慢的走過郭大路他們面前。

大家都低著頭喝酒，誰也沒有瞧他。因為每次看到他的時候，都好像看到條毒蛇一樣，覺得說不出的不舒服。

黑衣人腳步並沒有停，卻忽然喚道：「黃玉如，你好。」

大家都怔了怔，誰也不知道他在跟什麼人說話。

這時黑衣人卻已大步走了出去。

郭大路搖了搖頭，喃喃道：「這人莫非有毛病？」

林太平又在盯著黑衣人背後的長劍，道：「這柄劍至少有四尺七寸。」

燕七道：「你眼力不錯，想必也是使劍的？」

林太平好像沒聽見這句話，又道：「據我所知，武林中能使這種長劍的只有三個人。」

郭大路道：「哦，哪三個？」

林太平道：「一個叫丁逸郎，據說是扶桑浪人『赤木三太郎』，和黃山女劍客丁麗的私生子；赤木三太郎是扶桑『披風一刀流』的劍客，所以丁逸郎的劍法，也溶合了扶桑和黃山兩種

劍法之長處。」

燕七凝視著他，道：「想不到你知道的武林秘辛比我還多。」

林太平遲疑了半晌，道：「我也是聽別人說的。」

郭大路道：「還有兩個呢？」

林太平道：「第二個是宮長虹劍法唯一的傳人，叫宮紅粉。」

郭大路道：「宮紅粉？這簡直是個女人的名字。」

燕七道：「她本來就是女人，你難道認爲女人就不能用這麼長的劍？」

郭大路笑道：「我只不過覺得那黑衣人絕不可能是女人。」

林太平道：「聽說丁逸郎最近已遠渡扶桑，去找他親生的父親去了，所以，這黑衣人也絕不可能是他。」

郭大路：「第三個呢？」

林太平道：「這人叫『劍底遊魂』南宮醜。」

郭大路道：「劍底遊魂？這豈非一句罵人的話，他怎麼會取了個這麼樣的名字？」

林太平道：「很多年前，江湖中出了個怪人，叫『瘋狂十字劍』，遇著他的人沒有一個能逃得過他的劍下，就連當時很負盛名的『西山三友』和『江南第一劍』都被他殺了，只有這南宮醜，居然從他劍下逃了出來。所以南宮醜自己也覺得很得意，就替自己取了個外號叫劍底遊魂。」

郭大路笑道：「敗在人家劍下居然還得意，這人倒有趣得很。」

林太平道：「這人非但無趣，而且無趣極了。」

郭大路道：「為什麼？」

林太平道：「聽說這人最喜歡殺人，有時固然是為了他自己高興而殺人，有時也會為了錢而殺人。而且他雖然僥倖自十字劍下逃了性命，但臉上還是被劃了個大十字，所以從來不願以真面目見人。」

郭大路道：「這麼樣說來，這黑衣人一定就是他了。」

王動忽然道：「這倒也未必。」

郭大路道：「未必？」

王動道：「你們怎麼知道他不是個女人，不是宮紅粉？」

郭大路道：「當然不會是。」

王動道：「為什麼？你看過他的臉？看過他的手？看過他的腳？……他連一寸地方都沒有讓你看到，你能看到的只不過是他那身黑衣服而已，男人可以穿這樣的衣服，女人為什麼就不可以？」

郭大路怔住了，怔了半晌，又笑道：「他若是女人，那倒有趣得很，我倒真想看看她長得是什麼樣子。」

燕七悠悠道：「只要是女人，你就覺得有趣麼？」

郭大路笑道：「大多數女人的確都比男人有趣些，太醜太老的自然是例外。」

燕七嘆了口氣，道：「這人居然還敢說他不是色鬼，他不是誰是？」

王動打了個呵欠，道：「我至少也有一點是和色鬼相同的。」

燕七道：「哪一點？」

王動道：「隨時隨地我都會想到床。」

床。

五箱金珠就在床底下。

縱然是天下最豪富的人，也不會將這五口價值億萬的箱子隨隨便便往床下一塞，連門都不鎖就走了出去。

但他們卻硬是這麼樣做了。

因為除了他們自己之外，別人連做夢都不會想到這張破床底下會有這麼大的寶藏，而且這屋子裡根本空空如也，除了床底下之外，也沒有能藏得下這五口箱子的地方。

「為什麼不埋在地下？」

燕七也曾經這麼樣提議過，但王動第一個就堅決反對。

「現在我們若辛辛苦苦的埋下去，過不了兩天又得辛辛苦苦的挖出來，既然總得要挖出來，現在又何必埋下去？」

懶人永遠有很充足的理由拒絕做事的。

王動的理由當然最充足。

現在他當然已經又躺在床上。

郭大路正在苦練倒吊著喝酒，他聽說喝酒有囚飲，甚至還有屍飲，所以已決心要把這「吊飲」練成。

這世上若是有人能用眼睛喝酒，就算只有一個人，他也絕不會服輸的，好歹也要練得和那人一樣時才肯停止。

林太平坐在門口的石階上，用手抱著頭，也不知是在發怔？還是在想心事？

他年紀看來比誰都輕些，但心事卻比誰都重。

燕七又不知溜到哪裡去了？這人的行動好像總是有點神秘兮兮的，常常會一個人溜出去躲起來，誰也不知道他去幹什麼。

夜似已很深，又似乎還早。

有人說：「時間是萬物的主宰，只有時間才是永恆的。」

這句話在這裡卻好像並不十分正確。

在這裡的人雖然不會利用時間，卻也絕不做時間的奴隸。

郭大路喝完了第三碗酒的時候，林太平突然從石階上站了起來。

他的表情很興奮，也很嚴肅，就好像決勝千里的大將要對他的屬下，宣佈一項極重要的戰術時的表情一樣。

只不過無論表情多嚴肅的人，假如你倒著去看，他那樣子也會變得很滑稽的，郭大路剛喝下去的一口酒幾乎忍不住噴了出來。

林太平道：「我有話要說。」

郭大路忍住笑道：「我看得出來。」

林太平道：「這城裡有個人，不但武功很高，而且還會易容術、縮骨法，曾經做過很多宗令官府頭疼的案子。」

郭大路眨眨眼，道：「這件事好像並不只你一個人知道，我好像也聽說過。」

林太平道：「不但你知道，酸梅湯也知道。」

郭大路道：「哦？」

林太平道：「她不但知道，而且還一定跟這個人有仇。」

郭大路道：「有仇？」

林太平道：「不過她也跟我們一樣，只知道這人藏在城裡，卻不知道他藏在什麼地方？用什麼身分做掩護？她雖然想找他報仇，卻找不著，所以……」

郭大路忽然覺得他不像剛才那麼可笑了，一個跟斗翻下來，道：「所以怎麼樣？」

林太平道：「所以她就想法子要別人代她把這人找出來。」

郭大路道：「她當然知道天下最會找人的就是棍子和金毛獅子狗。」

林太平道：「她還知道他們都已到了附近，所以就先想法子去通風報信，讓他們知道：這位名賊就藏在城裡。」

郭大路道：「然後她自己再到這城裡來，一夜間做下十七八件無頭案，而且還故意模仿那名賊做案的手法，讓棍子和金毛獅子狗認定這些案子都是他做的。」

林太平道：「這還不是最重要的一點。」

郭大路道：「最重要的是什麼？」

林太平道：「她這麼樣一做，棍子和金毛獅子狗才能確定這位名賊的確是在城裡，才會認真去找。像他們這種身分的人，自然絕不會為了一點捕風捉影的消息就賣力的。」

郭大路道：「但她還有個問題。」

林太平道：「她的問題就是得手的贓物一時既不能脫手，也沒法子運出去，因為她知道棍子和獅子狗已經來了。」

郭大路道：「不錯，這種又惹眼、又燙手的東西，就算要藏起來都不容易。」

林太平道：「非但不容易，而且還得頗費工夫，所以……」

郭大路苦笑道：「所以，她就要找個人代她藏這些東西，可是她為什麼誰都不去找，偏偏找上了我呢？」

林太平道：「她當然知道你就住在這裡，也知道這個地方連鬼都不想來的，把賊贓物藏在

這裡，就好像……」

郭大路道：「就好像把酒藏在肚子裡一樣的安全可靠。」

王動忽然道：「這也不是最重要的原因。」

郭大路道：「哦？」

王動道：「最重要的是，她找米做這種事的人，一定要是個做事馬馬虎虎，看到阿貓阿狗都會去交朋友的糊塗蟲。」

他說的話往往就是結論。

但這次下結論的人卻不是他，是郭大路自己。

郭大路嘆了口氣，苦笑道：「看到阿貓阿狗都會交朋友倒沒關係，一看到漂亮的女人就走不動了的人才真的混帳加八級。」

林太平皺了皺眉，道：「你說的是誰？」

郭大路指著自己的鼻子，道：「我說的就是我。」

其實郭大路倒也不是真的糊塗，只不過有很多事他根本懶得認真去想，只要他去想，他比誰都明白。

林太平忽又道：「你還做錯了一件事。」

郭大路嘆道：「郭先生做錯事不稀奇，做對了才是奇聞。」

林太平道：「你剛才不該用那錠金子去付賬。」

郭大路道：「我不用那錠金子付賬，難道用我自己的手指頭去付？莫忘了你剛才喝的也並不比我少。」

林太平道：「棍子和金毛獅子狗若知道我們是用金子付的賬，一定會奇怪這些窮鬼的金子是從哪裡來的？那時我們的麻煩也就來了。」

郭大路道：「我也告訴你幾件事好不好？」

林太平道：「好。」

郭大路道：「第一，棍子和獅子狗根本就不會知道，因為麥老廣絕不是個多嘴的人。」

林太平道：「有了第一，當然還有第二。」

郭大路道：「第二，郭先生身上有幾錠金子，也並不是空前絕後的事，並不值得大驚小怪。何況，那錠金子上連一點標記都沒有，我早就檢查過了，誰敢說那是偷來的，我就先給他幾個大嘴巴子。」

林太平道：「還有沒有？」

郭大路道：「還有，每個人都要吃飯的，我們若要吃飯，就非用那錠金子付賬不可。」

只聽一人道：「這點才最重要，酸梅湯找的人不但要是個好色的糊塗蟲，而且還要是個窮瘋了、餓瘋了的糊塗蟲。」

這也是結論。

這次下結論的也不是王動，是燕七。

燕七每次出現的時候，也和他失蹤的時候，一樣飄忽。

郭大路搖了搖頭，苦笑道：「這人無論跟誰說話都蠻像人的，卻不知道為什麼，總是偏偏喜歡臭我。」

燕七笑了笑，道：「你若不是我的朋友，想求我臭你都困難得很。」

郭大路道：「王動也是你的朋友，你為什麼不去臭他？」

王動笑道：「能臭我的話已經被你說光，還用著別人開口麼？」

郭大路也笑了，走過去拍了拍燕七的肩頭，道：「這次你又溜到哪裡去了？」

燕七道：「我……我出去逛了逛。」

他好像很不喜歡別人碰到他，每次郭大路碰到他的時候，他都好像覺得很不習慣，這也許因為除了郭大路外也很少有人去碰他。

只要看到他那身衣服，別人已經連隔夜飯都要嘔出來了。

郭大路道：「你到哪裡逛去了？」

燕七道：「山下，城裡。」

郭大路道：「那地方有什麼好逛的？」

燕七道：「誰說沒有？」

郭大路道：「有？」

燕七道：「昨天晚上你豈非就看到個提著兩個籃子的大美人麼？」

郭大路道：「今天晚上你看到了什麼？」

燕七道：「殺人。」

郭大路悚然道：「殺人？誰殺人？」

燕七道：「棍子。」

郭大路道：「棍子殺人？殺的是誰？」

燕七道：「有嫌疑的人。」

郭大路道：「誰是有嫌疑的人？有什麼嫌疑？」

燕七道：「棍子要找的人是個五十多歲的男人，是十年前到這裡來的，所以凡是十年前才搬到這裡來的男人都有嫌疑，都可能是鳳棲梧。」

郭大路道：「鳳棲梧是誰？」

燕七道：「鳳棲梧就是棍子要找的人。」

林太平忽然道：「你說的鳳棲梧，是不是『雞犬不留』鳳棲梧？」

燕七道：「就是他。」

郭大路笑道：「名字如此風雅的人，怎麼起了個如此難聽的外號？」

燕七道：「因為他一下手就非把人家偷得精光不可，有時連一文錢都不替人家留下，有的人被他偷得傾家蕩產，只有自己上吊抹脖子，所以他雖然沒有殺過人，但被他逼死的人卻不少。」

林太平道：「聽說這人不但心黑手辣，而且視錢如命，偷來的錢自己也捨不得花。」

燕七道：「這人平生什麼事都做過，就是沒做過好事。」

郭大路道：「莫非他將偷來的錢全都救濟了別人，做了好事？」

燕七道：「那麼他的錢到哪裡去了？」

郭大路道：「誰都不知道。」

燕七道：「城裡有這種嫌疑的人一共有多少？」

郭大路沉吟了半晌，道：「本來就不多，現在就更少。」

燕七道：「五六個、六七個。」

郭大路瞪眼道：「他殺人，你就在旁邊看著？」

燕七道：「現在我看都看得看了。」

郭大路瞪著他，忽然跳起來衝了出去。

王動嘆了口氣，喃喃道：「為什麼自從認得他之後，我總是非動不可呢？」

郭大路雖然不糊塗，卻很衝動。

他本來應該先問問燕七：「棍子殺的究竟是些什麼人？」

他沒有問，因為他知道棍子殺的也絕不會是什麼好東西。

他很明白，卻還是忍不住要衝動。這雖然並不是種好習慣，但至少也比那些心腸冷酷、麻木不仁的人好得多。

三

黑衣人也有種習慣——他永遠不願走在任何人的前面。

這當然不是因為他謙虛多禮，只不過因為他寧可用眼睛對著人而不願用背。

這習慣雖然也不太好，卻至少已讓他多活了幾年。

現在他就走在棍子和金獅子身後。

他們對他倒放心得很，因為他們知道他的劍是絕不會從人背後刺過來的。

他雖然用黑巾蒙住了臉，但卻比很多人都要面子得多。

長街很靜，只有三兩家的窗戶裡，還燃著暗淡的燈火。

走到街左邊的第四家，他們就停住了腳。

這屋子也和城裡別的人家一樣，建造得樸實而簡陋，窄而厚的門，小而高的窗子，昏黃的窗紙，昏黃的燈光。

門窗都是緊緊關著的。

金獅子沉聲道：「就是這一家？」

棍子點了點頭。

金獅子突然飛掠而起。他身材雖魁偉，行動卻極靈便，輕功也不弱，腳尖在屋簷上輕輕一點，便已掠過屋脊，瞧不見了。

棍子回頭瞧了那黑衣人一眼，才厲聲道：「這是公家辦案，居民閉戶莫出，否則格殺勿論。」

話未說完，屋子裡的燈已熄滅。

只聽「砰」的一聲，顯然有人撞破了後面的窗子，想奪窗而逃。

只可惜金獅子早已防到了這一著。

又是一陣驚呼。

金獅子低叱道：「往哪裡走？」

接著就看到一條人影上了屋脊，輕功雖不在金獅子之下，身材卻瘦小得多，四下略一逡巡，就向東南方飛掠了過去。

棍子沒有動。

黑衣人似乎也沒有動。

但是忽然間，他已經上了屋脊，擋住了那人影的去路。

那人影一驚，雙拳齊出。

黑衣人似乎沒有出手。

但忽然間，出手打人的人已從屋脊上滾了下來，跌到街心。

棍子這才慢慢的走了過去。背負著雙手，低頭瞧著他。

寒風淒厲，天地肅殺。

他一雙眼睛在冷夜中看來像兩把錐子。

結了冰的錐子。

六　送不走的瘟神

郭大路已經在街角裡看了很久，他本來早就想衝過去了。

可是衝過去幹什麼呢？

他自己也不知道要幹什麼？棍子抓的若真是個心黑手辣的強盜，他難道還能幫強盜拒捕麼？

從山上一路跑下來，一路冷風撲面，他的火已經小了很多。

所以他還是在街角裡等著。

跌到街心上的那個人蜷曲在那裡，就像是一灘泥，動都沒有動。

棍子突然一把將他拉了起來，用兩隻手揪著他的衣襟，一字字道：「看著我。」

這人的身子雖已站起，頭還是軟軟的垂著。

棍子的右手鬆開，正正反反摑了他十幾個耳刮子。

血開始從他嘴角往外流，但他還是咬著牙，連哼都沒有哼一聲。

棍子冷笑道：「好，有種。」

他的膝蓋突然抬起，用力一撞。

這人痛得連臉都變了形，想彎腰，卻彎不下去。只有將下身往上縮，整個人都縮成了一團，懸空吊在棍子手上，抖得全身的骨頭都似已將鬆散。

棍子道：「對付不聽話的人，我有很多法子，這是其中最簡單的一種，你想不想再試第二種？」

這人終於抬起頭，瞧著他，眼睛裡充滿了仇恨的怒火。

棍子的神情卻忽然變了，變得和氣了些，道：「你不是鳳棲梧？」

這人牙齒格格打戰，嘶聲道：「你明知道我不是，為什麼還要這樣對付我？」

棍子道：「因為我還不能確定，除非你告訴我你是誰，我才能證實你不是鳳棲梧。」

這人道：「我誰都不是，只不過是這城裡一個賣雜貨的小商人。」

棍子沉下了臉，冷笑道：「你若不是別的人，我只有把你當做鳳棲梧了。」

這人顫聲道：「你怕抓錯了人，怕上頭怪你，所以你明知我不是鳳棲梧，也不肯放過我。」

你這種人的手段，我早就知道。」

棍子的臉色又和緩下來，道：「你錯了，這次我找的只是鳳棲梧一個人，和別人全沒關係，只要你肯說出自己的身分來歷，我立刻就放了你。」

這人道：「放了我？你會放了我？」

棍子居然笑了笑，道：「為什麼我不會放你？就算你在別的地方有案，和我有什麼關係？我何必狗拿耗子，多管閒事？」

這人想了很久，才咬了咬牙道：「我姓韓，叫一陣風。」

棍子道：「一陣風，那年春天，在張家口殺了黃員外一家人的是不是你？」

一陣風道：「你說過，只要我不是鳳棲梧，別的事你都不管。」

棍子道：「我當然不管，但我又怎知你就是一陣風，不是鳳棲梧？」

一陣風道：「我身上刺著花⋯⋯」

「咻」的，衣襟被撕開，胸膛上果然刺著龍捲風的形狀。

這的確是一陣風的標誌。

棍子淡淡道：「一陣風不會冒充鳳棲梧，鳳棲梧卻可能冒充一陣風的。」

一陣風道：「你要怎麼樣才肯相信？」

棍子沉吟著，道：「聽說，黃員外是被人一劍刺死的。」

一陣風道：「不是，我從來不使劍。」

棍子道：「他是怎麼死的呢？」

一陣風道：「我用藥先毒死了他，再將他拋到井裡去。」

棍子又笑了笑，道：「這麼樣說來，你的確是一陣風了。」

一陣風道：「我本來就是。」

棍子道：「好，很好⋯⋯」

他突然出手，反手在一陣風脖子上一切。

一陣風立刻又變成了一灘泥。

他的人雖已死，但一雙眼睛卻還不肯死，狠狠的瞪著棍子，眼球慢慢的向外凸出，充滿了憤怒與怨毒，像是在問：「你答應過放了我，為什麼又下毒手？」

棍子的嘴沒有說話，但眼睛卻似在替他回答。

他眼睛裡充滿了得意之色，彷彿在說：「這就是我的手段，我既然不信任你，你為何又要信任我呢？」

郭大路的眼睛裡也在冒火。

但他還是只有瞧著，因為這一陣風的確該殺。

官差殺賊，本是天經地義的事。

只聽一人道：「原來他殺人的時候，你也只不過在旁邊瞧著的。」

郭大路用不著回頭，也知道說話的人是誰了。

他只有嘆了口氣，道：「但我還是要看下去。」

燕七道：「你喜歡看他殺人？」

郭大路道：「我要等著看他殺錯一個人。」

燕七道：「為什麼？」

郭大路道：「那時我才有理由殺他。」

燕七道：「你想殺他？」

郭大路道：「一陣風雖該死，但他卻更該死。」

燕七道：「你認為他做了事？」

郭大路道：「他做的事也不能說不對，但用的手段卻太卑鄙、太可惡。」

燕七道：「他若永遠不殺錯人呢？」

郭大路怔住了。

燕七笑了笑，道：「這世上有些事本就是任何人都沒法子去管的。何況棍子雖可惡，卻很有用，有些人的確就要他這種人去對付。」

郭大路忽也笑了笑，道：「你以為他這種人就沒有人能對付得了？」

燕七道：「誰能對付他？你？」

郭大路道：「也許是我，也許是別人，無論是誰都沒關係，我只知道天理循環，報應不爽，遲早總有人去對付他的。」

這就是郭大路之所以為郭大路。

他不但對人生充滿了熱愛，而且充滿了信心。

他確信真理永遠不滅，公道永遠存在。

他確信正義必定戰勝邪惡，無論什麼樣的打擊都不會讓他失去這種信心。

金獅子正拍著棍子的肩，笑道：「恭喜恭喜，又一件大案被你破了；一晚上連破七案，除了你誰有這麼大的本事？」

棍子道：「你。」

金獅子大笑，道：「我不行，我的心不夠狠，這碗飯已漸漸吃不下去了。」

棍子臉色變了變，又忍住。

金獅子道：「下一家是誰？」

棍子抬起頭，眼睛瞪著對面的一塊招牌。

黑底的招牌，金字：

「利源當舖」。

利源當舖的老闆雖然剝皮，卻不啃骨頭，而且常常還會在骨頭上留點肉分給別人吃。

郭大路對這人的印象一向不錯，看到棍子和金獅子向當舖走過去，他忍不住也想趕過去。

王動一直站在後面沒有說話，此刻忽然道：「不能動。」

郭大路笑道：「我又不是王動，爲什麼不能動？」

王動道：「現在若動，一動就有麻煩。」

郭大路道：「你幾時怕過麻煩了？」

王動道：「就是現在，而且怕的就是這種麻煩。」

郭大路道：「莫忘了，他是我們的大娘舅，我們隨時都可能去找他的。」

王動道：「沒有娘舅無妨，沒有祖宗才麻煩。」

郭大路怔了怔道：「沒有祖宗？」

王動道：「娘舅若真是有案底的賊，我去助他，豈非連我祖宗的人都丟光了。」

郭大路道：「你用不著去，我去！」

王動嘆了口氣，道：「我若能讓你一個人去，現在為什麼不耽在床上睡覺？」

郭大路瞧著他，瞧著他冷冰冰的眼睛，冷冰冰的臉，心裡忽然湧起了一陣友情的溫暖。

他若想去做一件事，就沒有人能攔得住。

能攔住他的只有朋友。

這時金獅子和棍子已走到當舖門口。

門本來也是關著的，但他們還沒有拍門，門忽然開了。

剝皮老闆從門裡探出頭，道：「我早就知道三位還會再來的，請進請進。」

金獅子和棍子對望了一眼，走了進去。

黑衣人把住了門。

郭大路咬著牙，喃喃道：「不知道棍子要用什麼手段對付他，看來我還是該去瞧瞧。」

他用不著去。

因為這時金獅子和棍子已經走了出來。

只聽剝皮老闆的聲音在門裡面道：「三位要走了麼，不送不送。」

金獅子含笑抱拳，道：「不用客氣，請留步。」

郭大路看得呆住了，喃喃道：「這是怎麼回事？這兩人怎麼忽然變得客氣起來了？」

王動道：「棍子要打人的時候，並不是隨隨便便就打下去的，否則棍子早就打斷了。」

郭大路道：「這剝皮老闆又是誰？憑什麼能令他們如此客氣？」

王動沉吟道：「也許就因為他誰都不是，所以人家才會對他客氣。」

郭大路想了想，也不知是否想通了這句話的意思。

他已沒空再想，金獅子和棍子下一個目標竟是麥老廣燒臘舖。

郭大路皺眉道：「想不到他們連麥老廣這種人也懷疑，疑心病倒真不小。」

燕七道：「這次你倒用不著擔心，麥老廣絕不會有什麼毛病被他們找出來。」

郭大路道：「我當然不擔心，但卻不是為了你這原因。」

燕七道：「你為的是什麼？」

王動道：「吃屁。」

郭大路道：「他們也是人，也得吃飯，若沒有麥老廣，他們明天吃什麼？」

郭大路笑了，但笑容剛露出，立刻就又消失。

燒臘店裡竟忽然傳出一聲驚呼，正是麥老廣發出來的。

又聽到棍子的聲音在問：「這錠金子是哪裡來的？說！」

聽到「金子」兩個字，郭大路的人已箭一般竄了出去。

這次連王動都沒有再攔他。

只見棍子拎著麥老廣，就好像麥老廣拎著油雞似的。

油雞當然有油，麥老廣臉上的汗也像是油，在燈下閃閃發光。

他不停的抖，抖得連話都說不出來了。

棍子厲聲道：「你說不說？金子是哪裡來的？」

這次已用不著麥老廣自己說了。

郭大路已衝了進去，大聲道：「金子是我給他的，一共買了他三十斤肉、四十斤酒，外加七隻鵝、八隻雞，誰也沒做蝕本生意。」

棍子慢慢的放下麥老廣，慢慢的轉過身，瞪著郭大路。

郭大路就吊兒郎當的站在那裡，的確不像是個能用金子付賬的人。

棍子道：「金子是你的？」

郭大路道：「是！」

棍子道：「從哪裡來的？」

郭大路道：「一個人有金子若是也犯法的話，那麼天下犯法的人可就太多了，只怕兩位也不例外吧？」

棍子的臉上雖然沒有表情，瞳孔卻已漸漸開始在收縮。

突然間，他的手已伸出。

他不但比別人高，手也比別人長，十根又乾又瘦的手指，就像是一雙裝在棍子上的鐵爪。

但郭大路偏偏就要碰碰這雙鐵爪。

他既沒有閃避，也沒有招架，「呼」的，雙拳齊出，硬碰硬就往這雙鐵爪反打了過去。

這一拳擊出，非但棍子吃了一驚，金獅子也不禁為之失色。

棍子這一雙鐵爪上顯然練著有鷹爪功一類的功夫，就算是瞎子也能感覺得到，對方手上若沒有驚人的內功，怎麼敢一出手就使出這種硬碰硬的招式？

其實郭大路的內力並不如他們想像中那麼可怕，只不過他天生是個大路的人，不但花錢大路，做事大路，武功也大路。

這一拳擊出，是他的拳頭擊斷對方的鷹爪？還是對方的鷹爪洞穿他的拳頭？他根本連想都沒有去想。

他根本不在乎。

只要他高興，什麼樣的招式都能使得出來。

但別人可沒有這麼樣大路，何況武功講究的本是招式的變化和技巧，不到萬不得已時，誰肯和對方硬拆硬碰？

郭大路一拳擊出，棍子的招式已變，肘一沉，爪上翻，十指如鈎，如抓似削，擊向郭大路

的腕脈。

郭大路簡直連瞧都沒有瞧見，招式連一點都沒有變。

「不變就是變，以不變應萬變。」

這一著正又是武功中最高妙的原則。

棍子凌空一個翻身，幾乎就撞到牆上。

郭大路簡直可說是連一招都沒有完全使出，就已將這六扇門裡數一數二的高手擊退了。

他對自己很滿意，也沒有追擊。

「乘勝追擊」這句話他並不是不知道，可是別人既然已示弱認輸，既然已退了下去，又何必再追呢？

趕盡殺絕這種事郭大路是從來不會做的。

金獅子乾咳兩聲，迎了上來，笑道：「小兄弟，有話好說，何必生這麼大的火氣？」

郭大路道：「是他的火氣大，是他想來揍我，我哪有什麼火氣？」

金獅子道：「誤會誤會，大家全是誤會。」

郭大路道：「但他問了我半天，我倒也想問他一句話。」

金獅子道：「請問。」

郭大路道：「一個人用金子來買酒買肉，是不是犯法的？」

金獅子笑道：「當然不犯法，我也常常用金子來付賬的。」

郭大路道：「既然不犯法，就請你們放過麥老廣，也放過我吧。」

金獅子道：「當然當然。」

他瞟了門外的王動、燕七，和林太平一眼，道：「今天下午我們已叨擾了各位一頓，晚上就由我來作東，喝幾杯如何？」

郭大路還在沉吟，意思已有點活動了。

他倒並不是喜歡白吃，只不過拒絕別人的話，他實在說不出口來。

王動道：「現在我什麼都不想，只想早點上床。」

金獅子笑道：「那也好！反正我們早就想到府上拜訪了，不如就乘今夜之便，到府上去作一長夜之飲，四位的意下如何？」

這麼樣一說，王動也沒法子拒絕了——六扇門中的人要到你家裡去「拜訪」，你能有法子拒絕麼？

何況，他們若到了富貴山莊，就不能夠在這裡殺人了。

所以他們到了富貴山莊。

七　床底下的秘密

無論誰先聽到「富貴山莊」的名字，再到那裡去，免不了都要吃一驚。

這麼樣「富貴」的山莊倒也的確少見得很。

郭大路笑道：「這裡本來非但沒有燈，也沒有油，幸好我今天從山下帶了些蠟燭回來，否則大家就只好黑吃了。」

又道：「其實黑吃黑也蠻有趣，怕只怕吃到鼻子裡去。」

王動道：「各位若不嫌髒，就請坐到地上。」

他本來回到家第一件事就是脫鞋子上床，但今天卻連走都沒有走過去，遠遠就坐了下來，

金獅子笑道：「這是古風，我們的老祖宗本就是坐在地上的。」

郭大路道：「我們復古的精神比誰都徹底，連睡都睡在地上。」

金獅子道：「那張床呢？」

誰都不願意他們注意到那張床，可是無論誰走進來都沒法子不注意那張床。

王動道：「床是我一個人睡的。」

郭大路道：「這倒不是他做主人的小氣，而是我們嫌髒。」

屋子裡只有他們三個人說話，林太平、燕七、棍子都沒有開過口，那黑衣人更連門都沒有進來，背負著手，站在院子裡，彷彿已和這陰森森的院子、陰森森的夜色溶成了一體。

金獅子道：「小兄弟這麼高的武功，不知是哪一門的高人傳授的？」

他自動將話題從「床」上移開，別人當然求之不得。

郭大路道：「我師傅倒有不少，教出來的徒弟卻只有我一個。」

金獅子道：「不知是哪幾位？」

郭大路道：「啓蒙的恩師是『神拳泰斗』劉虎劉老子，然後是『無敵刀』楊斌楊二爺、『一槍刺九龍』趙廣趙老師、『神刀鐵胳臂』胡得揚胡大爺……」

金獅子瞪大了眼睛在聽著，他名字說得愈多，金獅子的眼睛瞪得愈大，彷彿已怔住。

這些名字他實在連一個也沒聽說過。

武林中有樣很妙的事，那就是外號起得愈嚇唬人的武功往往愈稀鬆平常，尤其是「一槍刺九龍」、「神刀鐵胳臂」這一類的名字，更像是走江湖賣把式的，真正的名家宗主，若是起了個這麼樣的名字，豈非要叫人笑掉大牙。

郭大路好不容易才把這些響噹噹的名字說完了，笑道：「家師們的名字，你可聽說過？」

金獅子咳嗽兩聲，道：「久仰得很，咳咳，久仰得很。」

他忽然一抬腳，人已竄了過去，竄到床邊，抓著床沿，人躍起，乘勢將床也提了起來。

郭大路、王動、燕七、林太平，四個人的心似也被提了起來。

床下的五口箱子若是被人發現，今天他們就算能擋住金獅子的刀、棍子的爪、黑衣人的長劍，這做賊的污名只怕是再也洗不掉的了。

他們的年紀還輕，若是揹上了做賊的黑鍋，到幾時才能抬得起頭來？

誰知床下連一口箱子都沒有，什麼都沒有。

郭大路幾乎忍不住要叫了出來。

金獅子似也怔了怔，慢慢的放下床，勉強笑了笑道：「我剛才明明看到床底下有隻老鼠的，怎麼忽然就不見了。」

王動道：「是白老鼠還是黑老鼠？」

金獅子道：「這⋯⋯我倒沒看清楚。」

王動道：「白老鼠就是財，藏金的地方往往會有白老鼠出現，明天我倒要挖挖看，說不定這下面埋著好幾箱金子也未可知。」

他臉上還是冷冰冰的，連一點表情都沒有。

郭大路瞟了他一眼道：「金兄若肯留下來，說不定也可以發個小財的。」

金獅子勉強笑道：「不必了，我這人天生沒有橫財運。」

這屋子現在雖破舊，本來的建築卻講究得很，地上都鋪著整塊的青石板，石板縫中都長滿了蘚苔。

無論誰都能看出這些石板，至少已有十年沒有動過。

棍子忽然站起來，道：「我醉了，告辭了。」

他明明連一滴酒都沒有喝，明明是睜著眼睛在說瞎話，但誰也不想揭穿他。

大家都覺得這假話說得很是時候。

棍子和金獅子走了很久，郭大路才長長鬆了口氣，笑道：「還是我們的王老大高明，若不是他把箱子搬走，我們今天就要當堂出乖了。」

王動道：「王老大是誰？」

郭大路道：「當然是你。」

王動道：「你認爲我會一個人把這五口箱子搬走，再藏起來麼？」

郭大路怔住了。

若要王動搬箱子，倒不如要箱子搬王動也許反倒容易。

郭大路抓著頭皮，道：「若不是你，是誰？」

他轉過頭，就看到了燕七。

燕七道：「你不必看我，我也未必比王老大勤快多少。」

林太平道：「我一輩子沒搬過箱子。」

他一雙手又白又細，簡直比小姑娘的臉還嫩。

郭大路幾乎把頭皮都抓破了，吃吃道：「你們既然都沒有搬箱子，那五口箱子，難道是自己長腿跑走的麼？」

王動道：「箱子雖然沒有腿，酸梅湯卻有腿，而且一定是雙很好看的腿。」

王動說的話，往往就是結論。

除了酸梅湯之外，他們實在想不出還能有誰知道床底下有五口箱子，更沒有別人會將箱子搬走。

燕七道：「現在她目的已達到了，自然不必把五大箱子白白留給我們。」

林太平道：「所以她一看到我們下山，就乘機把箱子搬走。」

王動伸了個懶腰，道：「搬走了反而好，否則我在床上躺著也不舒服。」

林太平道：「我只奇怪一樣事，我們明明誰都沒有往床這邊瞧過一眼，金獅子怎麼會懷疑到床底下有毛病？」

王動道：「也許就因為我們誰都沒有往床這邊瞧過一眼，所以他才會懷疑。」

這也是結論。

你愈是故意裝著對一件事全不關心，反而顯得你對它特別關心。

尤其是女孩子。

一個女孩子若是對別人全都很和氣，只有對你不理不睬，那也許就是說她心裡沒有別人，只有你。

林太平嘆了口氣，道：「看來這獅子狗倒真是個厲害人物。」

燕七道：「這人老奸巨猾，笑裡藏刀，實在比棍子還厲害很多。」

郭大路已有很久沒說話了，此刻忽然道：「箱子絕不是酸梅湯搬走的。」

燕七道：「不是她是誰？」

郭大路道：「她若要將箱子搬走，昨天就根本不會留下來。」

燕七道：「爲什麼？」

郭大路道：「要把那五口箱子搬出城，今天比昨天還困難得多，她爲什麼昨天不搬今天搬？她難道會是呆子？」

燕七冷笑道：「她當然不是呆子，我才是，我就是想不出還有別人會來搬箱子。」

郭大路忽然笑了，道：「爲什麼我一提起酸梅湯你就生氣，難道你也偷偷的看上她了？我把她讓給你好不好？」

燕七道：「爲什麼要你讓？她難道是你的？」

王動嘆了口氣，道：「你們酸梅湯還沒有吃到嘴，醋已喝了幾大碗，這又何苦呢？」

燕七也笑了。

他笑得很特別，也很好看。

別人開始笑的時候，有的是眼睛先笑，有的是嘴先笑。

他開始笑的時候，卻是鼻子先笑，鼻子先輕輕的皺起一點點，然後面頰上再慢慢的現出兩個很深很深的酒窩。

郭大路在瞧著他，喃喃道：「假如這小子不是個這麼樣的人，我一定會認為他是個女的。」

燕七眼睛又瞪了起來，道：「我若是女的，你就是個陰陽人。」

郭大路道：「我當然也知道你絕不會是女的，可是你那笑、那酒窩……」

燕七道：「酒窩怎麼樣？酒窩的意思只不過表示會喝酒，你懂不懂？」

郭大路忽然拉起了他的手，道：「走，咱們喝酒去。」

燕七道：「哪裡喝酒去？」

郭大路道：「山下。」

燕七道：「這裡的酒還沒有喝完，為什麼要到山下喝？」

郭大路眨了眨眼，道：「聽說麥老廣的燒烤都是半夜做的，我想去吃他半隻新出爐的燒鴨。」

燕七道：「我沒有你這麼饞，你一個人去吧。」

郭大路道：「你知道我從來不一個人喝酒。」

燕七道：「要不然，你找王老大陪你去。」

郭大路道：「現在就算拿刀架在他脖子上，他也不會下床了。」

燕七道：「他不去，我也不去。」

郭大路笑道：「你又不是個大姑娘，跟我一個人去難道還不放心？」

燕七的臉彷彿紅了紅，道：「說不去就不去，你死拉住我幹什麼？」

郭大路笑道：「我偏要你去，不管你是男是女，我都找定你了。」

王動嘆道：「我看，你還是跟他去吧，遇見了他這種人，只怪你交友不慎，你若不去的

話，連我也睡不成覺。」

燕七也嘆了口氣，道：「幸好我是男人，若是個女的，那才真受不了。」

郭大路笑道：「你若真的是女人，受不了的只怕是我。」

遇見郭大路這種人，的確誰也沒法子。

燕七畢竟還是被他拉了出去，剛走出大門，兩人就怔住。

此刻已是深夜，這山城中的人本該都已睡了好幾覺，有的甚至已快起床了。

誰知山下現在卻還是燈火通明，郭大路到這裡已有三個月，從來也沒看見山城裡燈火如此

明亮過。

郭大路道：「今天難道已過年了麼？」

燕七道：「好像還沒有。」

郭大路道：「不是過年，為什麼如此熱鬧？」

燕七喃喃道：「過年的時候，這裡只怕也沒有如此熱鬧。」

郭大路又拉起他的手，道：「走，我們快去湊熱鬧去。」

燕七道：「我自己會走路，你為什麼總是要拉住我的手？」

郭大路笑嘻嘻道：「你若不願意我拉你的手，你就拉住我的好了。」

燕七又嘆了口氣，道：「看來我又得改名字了，叫燕八。」

郭大路道：「為什麼？」

燕七道：「遇到你這種人，我非再死一次不可。」

八　麥老廣和他的燒鴨子

一

山城裡只有三百多戶人家，現在每家人都燃起了燈，而且還敞開著門，像是在迎財神的樣子。

只不過他們迎接的不是財神，而是瘟神。

幾十個戴著紅纓帽，穿著皂服的人，腰裡佩著刀，手裡舉著火把，挨家挨戶的搜查。

燕七和郭大路一下山，就遇見了金獅子，負手站在街頭，呼來喝去，儼然就像是一位在沙場上指揮若定的大將。

郭大路迎了上去，笑道：「金將軍準備將這裡關為戰場麼？」

金獅子的臉上本來彷彿帶著層寒霜，看到他來了，才有了笑容，道：「這也是萬不得已，否則我們絕不敢驚擾良民的。」

燕七道：「既然明知是良民，又何必驚擾？」

金獅子嘆道：「我們只知道那批贓物還留在鎮上，沒有運走，卻不知是藏在哪一家？所以只好將附近十八縣的差役捕快全都調到這裡來，挨戶調查。」

他又笑了笑，接著道：「只要能查出那批贓物在哪裡，鳳棲梧這次就再也休想跑得了。」

郭大路道：「這樣說來，鎮上我們也進不去了？」

金獅子目光閃動，道：「如此深夜，兩位還要到鎮上去幹什麼？」

郭大路道：「喝酒。」

金獅子道：「到麥老廣店裡喝酒？」

郭大路道：「嗯，山上的酒已喝完了，我們的酒癮還沒有過足。」

金獅子笑道：「那地方我們上半夜已經搜查過了，只搜出了一錠金子，兩位現在只管去無妨，請。」

他向街上巡弋的捕快，打了個手式，自己也讓開了路。

走過去一段路，燕七才笑道：「看樣子他對你倒很賣賬。」

郭大路笑道：「那只因我的底細，他連一點也摸不透。」

燕七也笑了，道：「你說的那些名字，真的全都是你師傅？」

郭大路道：「這倒一點也不假。」

燕七道：「你武功雖也不太怎麼樣，但他們還教不出你這樣的徒弟來。」

郭大路笑道：「我學的並不是他們武功的長處，而是他們武功的短處。」

燕七皺眉道：「短處？」

郭大路道：「我若看到他們武功有什麼破綻缺點，自己就儘量想法子避免。這就叫：三人行，必有我師，無論從什麼人你都能學得點東西的。」

燕七瞟了他一眼，道：「看不出你倒有點學問。」

郭大路正色道：「在你面前，我也用不著謙虛，我的學問本來就大得很。」

燕七又忍不住笑了，問道：「那麼你的長處是從哪裡學來的呢？」

郭大路道：「我問過你靴底的事沒有？問過你怎麼死了七次的事沒有？」

燕七道：「沒有。」

郭大路道：「那你為什麼要問我？」

二

麥老廣是個老光棍，店裡大大小小，一共只四間房。

一間就是前面的店舖，一間是廚房，一間是他睡覺的地方。

最重要的一間在最後面，是他的燒烤房。

這間房門總是關著的，因為麥老廣的燒烤滷味也是「獨門秘方」，若是被別人偷偷學去了，他的飯碗也就砸破了。

燕七他們來的時候，麥老廣正在燒烤房，房門雖是關著的，但一陣陣撲鼻的香氣已經從門縫裡透出。

郭大路嚥了口口水，大聲道：「老廣，生意上門了，還不快出來？」

過了半晌，麥老廣才走了出來，渾身都是油，就好像剛在豬油堆裡打過滾。

看到郭大路，他不耐煩的臉上才有了笑容，道：「今晚大家都睡不成，天亮時生意一定

好，所以我特地多烤了幾十隻鴨子，才會比平時忙點。」

郭大路笑道：「老廣，你沒有兒子，又沒有老婆，自己更是省吃儉用，連新衣服都捨不得

添一件，賺這麼多錢幹什麼？」

麥老廣道：「我地呢的整日係油裡打滾嘅人，要新衫做乜哩？而且，錢係不怕多嘅，愈多

就愈更好。」

燕七也笑了，道：「他說的這倒是老實話。」

麥老廣道：「老實人當然說老實話。」

郭大路道：「麥老廣倒真是個老實人，聽說他來了十幾年，連趙寡婦貞節碑坊後的石頭

巷，都沒有去過一次。」

燕七道：「石頭巷是什麼地方？」

郭大路笑道：「石頭巷是個好地方，不但美女如雲，而且溫柔體貼。」

燕七望了他一眼，道：「你去過？」

郭大路道：「我倒並不是不想去，只不過每次喝醉了的時候，卻都忘了。」

燕七道：「清醒的時候你為什麼不去？」

郭大路道：「清醒的時候我不敢去。」

燕七冷冷道：「你會不敢？」

郭大路道：「我只怕那些美女見了我這樣的美男子，就再也不肯放我走了。」

燕七忍不住又笑了，道：「那種地方，偏偏要設在人家的貞節牌坊後面，你說是不是要叫人活活氣死？」

麥老廣道：「這麼夜了，兩位還要飲酒？」

燕七道：「他想來吃你剛出爐的燒鴨。」

麥老廣道：「好，我去揀隻肥嘅來。」

他轉身走了進去，郭大路居然也在後面跟著，道：「我也到後面去瞧瞧。」

麥老廣停住腳道：「後面齷齪邋遢，有乜好睇？」

郭大路道：「我不怕髒，反正我已經夠髒了。」

燕七嘆道：「他若一定要去，你最好還是讓他去吧，否則他就算纏到後天大天亮，也是非去不可的。」

麥老廣也笑了，道：「後面黑迷矇，你行路要小心些呀。」

後面的院子果然很黑。

燒烤房就在院子的盡頭，也是個黑黝黝的屋子。

麥老廣步履蹣跚，走得很慢。

郭大路笑道：「看你走路的樣子，好像也喝過酒似的。」

麥老廣道：「今晚天時凍，我只飲了兩杯，已經好似有點醉醉地……」

他腳下忽然一個跟蹌，像是要跌倒。

郭大路剛想伸手去扶，誰知麥老廣忽然一轉身，如蛟龍出海、如鷂子翻身，其矯健輕捷，簡直無法用言語形容。

郭大路的手剛伸出，已被他扣住了脈門。

燕七做夢也想不到這平時連走路都似要跌倒的糟老頭子，忽然間變得如此可怕，大驚之下，想撲過去。

麥老廣已沉聲叱道：「站住，否則要他的命。」

這句話說出來，竟是標準的北方口音，連一點廣東味都沒有。

燕七呆住，失聲道：「你……你就是……」

郭大路笑道：「他就是鳳棲梧，就是把箱子從我們床底下搬走的人，你難道還想不到？」

他人已被制，命在旦夕，居然還是笑笑嘻嘻的一點也不在乎。

麥老廣冷冷道：「不錯，我就是鳳棲梧，你怎麼知道的？」

郭大路道：「我本來也只不過是胡亂猜猜，因為除了棍子、金獅子、黑衣人，和我們四個

人之外，這地方就只有你知道我們藏有金子，只有你有機會乘我們慢慢走上山的時候，先趕去將箱子搬走。」

鳳棲梧冷笑。

郭大路道：「還有，你既已被棍子他們『冤枉』過，他們現在當然不會再懷疑你，何況，你那燒烤房誰都不能進去，把箱子藏在那裡真是再好也沒有了。」

鳳棲梧道：「還有沒有？」

郭大路道：「金獅子的鼻子最靈，他既已見過你，你身上的味道就瞞不過他的鼻子，所以你才故意來作這行生意。」

他聳起鼻子長長吸了口氣，才接著道：「因為無論任何人身上的味道，都絕不會有烤鴨那麼濃的，就算有狐臭的女人都不例外。」

鳳棲梧道：「還有沒有？」

郭大路道：「還有，我聽說鳳棲梧是個一毛不拔的小氣鬼，就算是偷來的銀子都捨不得花，甚至連老婆都捨不得娶一個；而我這陣子見到的人，再也沒有比你更小氣的了，放著新鮮的酒肉捨不得吃，卻專門吃我們剩下的剩菜冷飯。」

他忽然笑了，接著道：「我現在才發現你這鳳棲梧的名字取得真是妙極了，人家林逋是梅妻鶴子，你的妻子就是你自己，所以叫做『妻吾』。」

他似乎對自己的幽默感欣賞極了，自己笑得眼淚都流了出來。

別人都沒有笑，也笑不出。

鳳棲梧冷冷的瞧著他，等他笑完了，才冷冷道：「還有沒有？」

郭大路道：「沒有了，這些已經夠了，三樣事加起來，所以鳳棲梧就是麥老廣，麥老廣就是鳳棲梧。」

鳳棲梧道：「想不到你這樣的混小子，也有聰明的時候。」

郭大路道：「就算是最笨的人，一生中也會聰明一兩次的；何況我本來就是個天才，只不過偶爾會裝裝糊塗而已。」

鳳棲梧道：「你想到我的燒烤房去，是麼？」

郭大路道：「本來是想的。」

鳳棲梧道：「好，進去。」

郭大路道：「本來雖想，現在卻不想了，因為我不想被人當作鴨子吊在架上烤。」

鳳棲梧冷笑道：「只可惜，現在去不去已由不得你了。」

燕七道：「你殺了他也沒有用，還有我，我還是可以把你的秘密傳出去。」

鳳棲梧道：「他進去了，你自然也會跟著進去的，因為你絕不會放過救你朋友的機會，我活了五六十歲，這一點至少還能看得出。」

燕七咬著牙，連眼睛都紅了，莫說是五六十歲的老江湖，就算是三歲大的孩子也能看得出

他對郭大路是多麼關心。

郭大路啟聲大笑，道：「人生得一知己，死而無憾，有了這樣的好朋友，死活又有什麼關係，只不過……」

鳳棲梧道：「只不過怎樣？」

郭大路道：「我知道你絕不會殺我們的。」

鳳棲梧道：「哦？」

郭大路道：「因為你就算把我們兩個全殺了也沒有用。」

鳳棲梧道：「哦？」

郭大路道：「不但王老大知道我們要到你這裡來，金獅子也知道，我們若是突然失蹤了，他們怎麼會不懷疑？」

鳳棲梧冷冷道：「那是以後的事。」

郭大路道：「你既然不在乎，現在為什麼還不動手殺我？」

鳳棲梧道：「這裡反正不會有人來，我用不著那麼急。」

郭大路道：「你還沒有動手，只因你還拿不定主意，我知道你一向是個很小心的人，不是十拿九穩的事，你絕不肯做。」

燕七忽然道：「只要你放了他，我們也許可以替你保守秘密。」

鳳棲梧目光閃動，看來就像是一隻老狐狸。

老狐狸的毛病就是太多疑，不但懷疑別人，也懷疑自己。

郭大路悠然道：「你知道，我對於抓賊並沒有興趣，只不過不喜歡被人騙而已。」

只聽一人笑道：「誰都不喜歡被人騙的。」

這是金獅子的聲音。

語聲中，金獅子、棍子、黑衣人已慢慢的走進了院子。

也就在這同一剎那間，四面牆頭火把高舉，幾十個捕快弓上弦，刀出鞘，已將這小小的院子團團圍住。

鳳棲梧滿臉發光，也不知是油？是汗？突然反手一掄。

郭大路百把斤重的身子竟被他掄了出去，衝向金獅子和那黑衣人。

鳳棲梧的人就像已變成了一根箭，「嗖」的射出，一眨眼已掠上房脊，順手奪過了兩把刀，施出「鳳凰展翅」。

刀光一閃間，已有兩名捕快自房上跌下，再一閃，鳳棲梧身形已遠在三丈開外。

這闖了幾十年江湖，做過無數件大案的巨盜，果然有非人能及之處。

他不但身法快，出手快，而且善於把握機會。

這是他第一個機會，也是他最後一個機會。

黑衣人、金獅子的輕功就算比他強，被衝過來的郭大路擋了擋，也是萬萬追不上他的了。

突聽一聲低叱：「下去。」

房脊後突然出現了兩個人，擋住了鳳棲梧的去路。

其中有個人好像只揮了揮手，鳳棲梧就被震出，在房脊上跟蹌倒退，原路退回，「砰」的，跌下院子，剛好跌在那兩名捕快的身上。

房脊後的兩個人輕輕一掠，也已落入院中，一個面容冷漠，喜怒不形於色，一個斯斯文文，秀氣得如少女。

王動和林太平也來了。

郭大路剛站穩，就拍手笑道：「我們的王老大果然有兩下子。」

王動道：「不是我。」

不是他，自然就是林太平。

這小姑娘似的人竟有這麼大的本事？

誰也看不出，卻又不能不相信。

這時鳳棲梧已被人像裹粽子似的綁了起來。

金獅子仰天吐出口氣，笑道：「追蹤了二十年，今天總算才將這條老狐狸抓住。」

郭大路道：「贓物一定就在燒烤房裡，隨時可以搬出來。」

金獅子笑著道：「這就叫人贓俱獲，當真是功德圓滿。」

郭大路道：「你也用不著謝我，若是一定要謝，就謝謝他吧。」

他指著林太平，笑道：「我這位朋友長得雖然秀裡秀氣的，喝起酒來卻像是個大水

缸。」

金獅子眼睛瞪著棍子，道：「我們可真該謝謝他們才是，你說怎麼謝呢？」

棍子沉著臉，道：「拿下來，統統拿下來。」

郭大路幾乎跳了起來，道：「你說什麼？」

棍子沉聲道：「這四人窩賊收贓，縱不是鳳棲梧的同黨也是江洋大盜！統統給我五花大綁帶回去，嚴刑拷問，不怕他不招。」

郭大路簡直肚子都要氣破，氣極了，反而笑了，道：「我倒要看看誰敢來動我？」

棍子厲聲道：「你敢拒捕？」

王動忽然道：「不敢。」

棍子道：「既然不敢，還不束手就縛？」

王動道：「我們雖不敢拒捕，只可惜你不是捕快，而是強盜。」

燕七道：「比強盜還兇。」

王動道：「你們苦苦追蹤鳳棲梧，根本不是為了他的人，而是為了他的錢。」

燕七道：「一個捕頭每月的薪俸有多少？能養得起你們？就憑金大爺身上的這套衣服，只怕連將軍都穿不起。」

王動道：「何況，要僱這位黑仁兄這樣的職業殺手，花費一定必不在少，官家自然是不會出這種錢的。」

燕七道：「但贓物卻多得很，天下到處有賊，所以賊贓也取之不盡，用之不竭。」

王動道：「小賊不妨拿回去邀功領賞，鳳棲梧這樣的大賊，不如就索性自己留下了。」

燕七道：「像這樣的賊，抓一個至少可以吃上個兩三年。」

他指著棍子笑道：「這人在開封，洛陽，濟南，天津，每個城裡都有個家，每個家裡都有

王動道：「但留著我們，總有洩露風聲的一天，所以不如也索性殺了滅口。」

燕七道：「你們做的事雖然比強盜兒，但卻不犯法，這真妙極了。」

王動道：「我早就說過，黑吃黑反而有趣，怕只怕吃到鼻子裡去。」

兩人一搭一檔，連郭大路和林太平都聽得怔住了，江湖中這種見不得人的勾當，他懂得實

在沒有燕七他們多。

棍子幾乎想發作，卻都被金獅子攔住。

等他們話說完，金獅子才笑道：「你們說的一點也不錯，我全都承認。」

棍子板著臉道：「你的老婆也不比我少。」

郭大路怒道：「只可惜你們這些老婆眼看都要做寡婦了。」

金獅子笑道：「你們可知道我為什麼要將這些事說給你們聽？」

老婆，單憑一份捕頭的薪俸，能養得起麼？」

他指著牆頭，道：「這裡有三十張強弓，四十把快刀，這些人都是我過命的兄弟，他們會

不會放你們走？」

棍子冷冷道：「亂箭穿心而死，那滋味可不太好受。」

金獅子道：「何況，還有這位我不惜重資請來的黑仁兄。」

他笑了笑，接著道：「你們當然也知道他不姓黑，他那柄劍至少就可以對付你們兩三個，

所以我看你們不如還是聽話些好，至少死也死得痛快些。」

郭大路怒道：「放你媽的屁！」

金獅子變色道：「先殺了他，以儆效尤。」

黑衣人一直負手站在旁邊，此刻忽然道：「你要誰殺他？」

金獅子道：「當然是你。」

棍子道：「殺一個多加黃金三百兩。」

黑衣人道：「好！」

他忽然反手拔劍，劍光一閃，已刺入了金獅子的肩頭。

不是長劍，是短劍。

四尺長的劍鞘中，裝著的竟只不過是柄一尺七寸長的短劍。

金獅子本來也不是容易對付的角色，但他既想不到黑衣人會向他出手，更想不到是這麼短

的一柄劍。

喝聲中，他身形已掠起。

棍子大驚之下，喝道：「射！」

但別人怎麼會放他走。

郭大路，燕七，兩個往上一夾，棍子斜斜衝出。

王動本來沒有動。

現在忽然動了，只動了一動。

這一動之準，之快，也簡直叫人沒法子形容。

棍子只覺眼前一花，自己的手上就好像忽然多了付手銬。

牆頭上的人呼嘯一聲，拋弓的拋弓，丟刀的丟刀，眨眼間就逃得一個不剩。他們得到的好處，還不值得他們拚命。

然後，每個人的眼睛都瞪著那黑衣人，誰也不知道這人究竟是怎麼回事。

金獅子的目中更似要冒出火來，咬著牙道：「你拿了我的金子，卻反過來咬我一口，你這種人簡直連狗都不如。」

黑衣人淡淡道：「我本來就不是狗。」

金獅子道：「久聞『劍底遊魂』南宮醜是條好漢，說一不二，所以我們才不惜重金請你來，誰知終日打雁的人，今日倒被雁啄了眼。」

黑衣人道：「你們本來就瞎了眼。」

金獅子道：「你……你難道……」

黑衣人道：「你以為我真是南宮醜？」

金獅子道：「你不是南宮醜是誰？」

黑衣人道：「也是個專找人麻煩的人，只不過這次是特地來找你們麻煩的。」

金獅子道：「你究竟是誰？」

黑衣人道：「你的頂頭上司提督老爺，早已知道你們有毛病了，所以特地請我來調查調查你們究竟有什麼花樣。」

他發出聲短促而尖銳的冷笑，接著道：「現在你自己供出了自己的罪狀，真憑實據全都有了，這是不是也叫做人贓俱獲、功德圓滿？」

金獅子瞪著他，再也說不出一個字來。

黑衣人這才向王動他們拱了拱手，笑道：「無論哪一行裡都有敗類，六扇門裡也不例外；

但望四位下次見到捕快時，莫要以為人人都和他們一樣。」

郭大路含笑道：「實不相瞞，我也幾乎就做了捕快。」

燕七笑道：「他若做了捕快，那真是強盜們的運氣來了。」

黑衣人道：「今日之事，全仗著四位義援手，這三個人我現在就想帶回去交差了。」

燕七道：「請便。」

郭大路忽然拍了拍鳳棲梧的肩，笑道：「其實進了監牢反而會更舒服些，那裡包管一文錢都用不著花。」

鳳棲梧翻了翻白眼。除了翻白眼外，他還能做什麼別的？

黑衣人道：「至於這賊贓……」

郭大路道：「賊贓自然該入庫充公。」

黑衣人道：「其實這件案子本該算四位破的，在情在理，都該從賊贓裡提出三成來，作爲各位的酬勞，只要四位肯隨我到府城裡去走一趟……」

他話未說完，王動已搶著道：「不必了。」

只爲了金子就要他走一趟遠路，殺了他的頭他也不幹。郭大路、燕七、林太平也不幹。在他們眼中看來，世上還有很多事都比錢財重要得多。

郭大路笑道：「這些東西除了帶給我們不少麻煩外，別的什麼都沒有，閣下只要肯將這燒烤房裡的鴨子撥給我們作酬勞，我們已領情得很了。」

三

黎明。城裡又恢復寧靜，風還是那麼吹，雪還是那麼落。世上有些東西本就不是其他任何事所能改變的。有些人也一樣。

鴨子烤到現在，正恰是時候。郭大路撕開隻鴨子，正待放懷大嚼。忽然間，七八塊指頭般大小的翡翠從鴨肚子掉了下來。每個人的眼睛都圓了。再撕開鴨子，肚子裡裝的是瑪瑙。

三四十隻鴨子，倒有十來隻肚子裡是裝著東西的。

燕七眨著眼，忽然道：「我明白了。」

郭大路道：「你明白了？」

燕七道：「鳳棲梧本來是想將值錢的珠寶藏在鴨肚裡運走，好瞞過別人的耳目，誰知卻被我們闖了去，所以他只塞了一小半。」

郭大路道：「有道理。」

燕七道：「那位黑仁兄也不知道賊贓有多少，就算清點，也點不出。」

郭大路道：「有道理。」

燕七笑道：「你還裝什麼糊塗，這道理你早就知道了。」

郭大路眨了眨眼，道：「我知道？」

燕七道：「你若不知道，為什麼要人家把鴨子留給你？」

郭大路嘆了口氣，道：「你若一定要這樣想，我也沒法子。」

他忽又笑了笑，道：「反正在情在理，他都應該提出三成來作我們酬勞的，這種錢取不傷廉，我們不花也是白不花。」

郭大路道：「哦？」

燕七盯著他，搖著頭道：「有時我真猜不透你。」

燕七道：「我實在猜不出你究竟是真聰明？還是真糊塗？」

王動悠然道：「你說他糊塗時他偏偏聰明得很，你說他聰明時他反而糊塗了。」

這也是結論。

九　菩薩和臭蟲

一

錢是男人不可缺少的，女人也是。

錢能惹禍，女人惹的禍更多。

除此之外，錢還有一樣和女人相同的地方：

來得容易，去得一定也快。

郭大路一向認為自己是個很有原則的人，無論做什麼事都有原則。

他吃鴨子的原則是：「有肉的時候，絕不啃骨頭，有皮的時候，絕不吃肉。」

現在鴨子的皮都已被剝光了，剝了皮的鴨子看來就像是個五十歲的女人被剝光了衣服，忽然變得說不出的臃腫可笑。

柚子卻像是二十歲的女人，皮剝得愈乾淨，就愈好看。

很少人能從鴨子身上聯想到女人，郭大路能。

酒已喝下他肚子，錢已裝進他口袋的時候，無論從任何東西上，他都能立刻聯想到女人。

現在酒已喝完，珠寶也已分成四份。

郭大路眨眨眼，忽然道：「你們有什麼打算？」

什麼打算？誰也沒有打算。

燕七瞪著他，道：「莫非你有什麼打算？」

郭大路眼睛盯著剝了皮的鴨子，道：「大家都已經瘋了很久，今天當然都應該去活動活動，否則骨頭只怕都要生鏽了。」

燕七道：「我們的骨頭不像你，一有了幾個錢就會發癢。」

郭大路嘆了口氣，又笑了，道：「就算我是賤骨頭，反正我想去活動活動。」

燕七道：「你是不是想單獨活動？」

郭大路道：「嗯。」

燕七冷笑，道：「我就知道有些人只有窮的時候才要朋友，一有了錢，花樣就來了。」

郭大路瞪眼道：「你難道沒有單獨活動過？」

燕七扭過頭，道：「你要走，就走吧，又沒有人拉住你。」

郭大路站起來，又坐下，笑道：「我只不過想單獨活動個一天半天，明天晚上我們再見面。」

沒有人理他。

郭大路搓著手，又道：「麥老廣既已被抓去，這裡就連家好館子都沒有了，我知道縣城裡

有家奎元館，酒菜都不錯，好在縣城也不遠，明天我們就在那裡見面如何？……我請客。」

還是沒有人理他。

郭大路急了，道：「難道我連單獨活動一天都不行嗎？」

王動這才翻了個白眼，道：「誰說不行？」

郭大路道：「那麼明天你去不去？」

王動道：「你難道就不能把酒菜從奎元館買回來請我麼？」

郭大路道：「求求你，不要這麼懶行不行？你也該去買幾件新衣服換換了，這套衣服再穿

下去，連你的人都要發霉。」

王動忽然站起來，慢慢的往外走。

郭大路道：「你要到哪裡去？」

王動道：「到麥老廣的床上去。」

郭大路道：「去幹什麼？」

王動嘆了口氣，道：「到床上去還能幹什麼？當然是去睡覺，你到床上去難道是幹別的事

麼？」

郭大路笑了，他的確是想幹別的事去，而且的確是在床上。

他站起來，笑道：「你在這裡睡一覺也好，反正明天要到縣城去，也省得再回家還要來回

的跑。能少走一段路也是好的。」

王動道：「答對了。」

郭大路瞪了燕七一眼，道：「你明天是不是也跟王老大一起去？」

林太平點點頭，燕七卻淡淡道：「我今天就跟你一起去。」

郭大路怔了怔，道：「可是……我……」

燕七也瞪起了眼，道：「你怎麼樣？難道一有了錢，就真的連朋友都不要了？」

郭大路一路走，一路嘆著氣。

燕七用眼角瞟著他，道：「你怎麼回事？有什麼地方不舒服。」

郭大路苦著臉，道：「好像吃壞了，肚子有點不舒服。」

燕七冷冷道：「我看你難過的地方恐怕不是肚子吧。」

他忽然笑了笑道：「其實你什麼地方難過，我早就清楚得很。」

郭大路道：「你清楚？」

燕七眼珠子轉動，道：「有經驗的都知道一句話，叫『單嫖雙賭』，我怎麼會不清楚。」

郭大路怔了半天，只有笑了笑，苦笑著道：「你以為我撇開你們，是想一個人溜去找女人？」

燕七道：「你難道沒有這意思？」

郭大路不說話了。

燕七悠然道：「其實這也不是什麼丟人的事，男人有了錢，哪個不想找女人？」

郭大路立即接著問道：「你難道也有這意思？」

燕七也不說話了。

燕七道：「老實說，跟著你，就因為要你帶我去，我知道你在這方面一定很有經驗，是不是？」

郭大路「嗯」了一聲，忽然咳嗽起來。

燕七道：「像你這樣又風流、又瀟灑的花花公子，當然一定知道在什麼地方才能找到最好的女人。」

他用眼角瞟著郭大路，又道：「大家既然是朋友，你總不能不指點我一條明路吧。」

郭大路的臉好像已有點發紅，喃喃道：「當然，當然……」

燕七道：「那麼我們現在該怎麼走呢？」

郭大路道：「當然是……先到城裡去再說。」

燕七又笑了笑，道：「其實你本該把王老大他們也一起找來的，讓他們也好開開眼界，我真不懂你為什麼要瞞著他們。」

郭大路一點也不想瞞別人，他本覺得找女人並不是什麼丟人的事。

找不到女人才丟人。

他瞞著別人，只因為他根本不知道在什麼地方才找得到女人。

他根本還沒有找過，就因為還沒找過，所以才想找；所以才想得這麼厲害。

縣城好像很快就到了。

一進城，燕七就問道：「現在我們該怎麼走呢，往哪條路走？」

十步之內，必有芳草。

郭大路乾咳了幾聲道：「往哪條路上走都一樣。」

燕七道：「都一樣？」

郭大路道：「哪條路上都有女人。」

燕七笑道：「我也知道每條路上都有女人，但女人卻有很多種，問題是哪條路上才有你要找的那種女人？」

郭大路擦了擦汗，忽然間計從心上來，指著旁邊一家茶館，道：「你先到那裡去等著，我去替你找來。」

燕七眨著眼，道：「我為什麼要在這裡等，難道不能我們一起去嗎？」

郭大路正色道：「這你就不懂了，這種地方都很秘密，愈秘密的地方愈精彩；但若看到陌生人，她們就不肯了。」

燕七嘆了口氣，道：「好吧，反正你是識途老馬，我什麼都得聽你的。」

看著燕七走進茶館，郭大路才鬆了口氣。

誰知燕七又回過頭，大聲道：「我在這裡等你，你可不能溜呀！」

郭大路也大聲道：「我當然不會溜的。」

他的確不想溜，只不過想先將行情打聽清楚，好教燕七佩服他。

他用最快的速度轉過這條街，前面的一條街好像還是和那條一模一樣：有茶館、有店舖、有男人，當然也有女人。

「像我這樣又風流、又瀟灑的花花公子，若連這種地方都找不到，豈非要叫燕七笑掉大牙，而且至少要笑上個三五年。」

「但哪個才是我要找的那種女人呢？」他看來看去，哪個都不像，每個女人好像都很正經。

「幹這種事的人，臉上又不會掛著招牌的。」

郭大路站在路旁，發了半天怔，自己鼓勵自己，安慰自己：「只要有錢，還怕找不到女人？」

他準備先去買套風光的衣服再說。「人要衣裝，佛要金裝」，穿得風光些，至少先佔了三分便宜。

奇怪的是，買衣服的舖子好像也不太容易找。

他好不容易才找到一家，忽然看到有個人在裡面選衣服，竟是燕七。

「這小子居然沒有在茶館裡等我。」

只聽燕七在裡面笑著道：「要最好看的衣服，價錢貴點沒關係，今天我與佳人有約，要穿得氣派些。」

郭大路皺起了眉頭：「難道這小子反而先找到路了麼？」

看到燕七滿臉春風的樣子，郭大路不禁又好氣，又好笑。

「既然你不仁，我又何妨不義，現在你總不能說我溜了吧。」

他決定連衣服都不換，決定撇開燕七了。

「姐兒愛的是俏，鴇兒愛的是鈔，我既俏又有鈔，換不換衣服又何妨？」

這條街上也有茶館，一個人手提著鳥籠，施施然從茶館裡走了出來。

這人年紀並不大，但兩眼無光，臉色發青，一臉疲勞過度的樣子，而且任何人都能看得出

他是幹什麼疲勞過度的。

郭大路忽然走過去，抱抱拳，笑道：「我姓郭，我知道你不認得我，我也不認得你，但現在我們已經認得了。」

他做事喜歡用直接的法子。

幸好這人也是在外面混混的，怔了怔之後，也笑了，道：「郭朋友有何見教？」

郭大路道：「人不風流枉少年，這句話你想必也有同感。」

這人道：「原來郭兄是想風流風流。」

郭大路道：「正有此意，只恨找不著入天台的路而已。」

這人笑道：「郭兄找到我，可真是找對人了。但要風流，就得有錢，沒有錢是要被人打出來的。」

郭大路被人打了出來。

他忽然發現姐兒並不愛俏。

姐兒愛的也是鈔。

郭大路並不是個好欺負的人，絕不肯隨隨便便挨人打的。可是他又怎麼能跟這種女人對打呢？

他膀子上被人咬了兩口，頭上也被打出了個包，現在他一隻手摸著頭上的這個包，一隻手還在摸著口袋。

口袋是空的，比他的肚子還空。他明明將那份珠寶放在這口袋裡的，現在卻已不見了。

早上吃的鴨皮，現在都已消化得乾乾淨淨，酒也早就變成了汗。

等到天黑時，汗都流乾了。

郭大路找了個破廟，坐在神案前，望著那泥菩薩發怔。泥菩薩好像也正望著他發怔。

他本來已計劃得很好，準備先舒舒服服的吃了一頓，再舒舒服服的洗個澡，他甚至已想像

到一雙玉手替他擦背時的旖旎風光。

可是現在呢？

現在替他擦背的是隻臭蟲，也許還不止一隻，他坐著的蒲團就好像是臭蟲的大本營，好像全世界的臭蟲都已集中到這裡，正一隊一隊的鑽入他衣服，準備在他背上開飯。

郭大路一巴掌打下去，只恨不得一巴掌將自己打死算了。

「我這人難道是天生的窮命？就不能有一天不挨餓的？」

他忽然又想到了朋友的好處。

「我為什麼要一個人單獨行動？為什麼要撇開燕七呢？」

想到他們現在一定在大吃大喝，他更餓得幾乎連臭蟲都吞得下去。

「一個人的確不該撇開他的朋友，無論幹什麼，也得跟朋友在一起，除了朋友外，世上還有什麼值得珍惜的呢？」

郭大路忽然變得又珍惜友情，又多愁善感起來──無論誰又窮又餓的時候，他都會變成這樣子的。

幸好明天又要和他們見面了，但他只希望時間過得愈快愈好。

「我這麼樣想他們，他們說不定早已忘了我，王動一定早已呼呼大睡，燕七說不定正在跟他的佳人打情罵俏。」

想到這裡，郭大路又不禁長長嘆了口氣，忽然發現自己實在是個很重友情的人，覺得自己

對朋友，總比朋友對他好。

於是他又覺得安慰，安慰中又帶著點傷感。

這種心情使他暫時忘記了別的。

他忽然迷迷糊糊的睡著了。

二

第二天早上，郭大路一醒來就決定先到奎元館去等他的朋友。

他決定先大大吃一頓，等他的朋友來付鈔。

他決定選最好的吃，來補償補償這一夜受的罪。

他只覺得每個人都應該好好補償補償他，因為他幾乎已忘了自己是為什麼受的罪，為什麼吃的苦。

這也許因為他的頭已餓得發暈，昏昏迷迷中，他好像覺得自己這一切都是為了朋友而犧牲的。

他很同情自己。

只可惜奎元館的老闆並不這麼想。非但沒有開門，連窗子都沒有開。

郭大路當然不會怪自己來得太早，只怪這些人太懶，為什麼到現在還不開門，難道存心跟他過不去？

一個餓得發暈的人，通常都不太講理的。

他正想去敲門，後面忽然有個人拍了拍他肩頭，道：「早。」

燕七穿著身嶄新的衣服，滿面春風的站在那裡，一副吃得飽、睡得足的樣子。

郭大路一肚子沒好氣，嘟著嘴道：「現在還早？太陽都曬到屁股上了。」

燕七笑道：「春宵一刻值千金，你爲什麼不躺在美人膝上多曬曬太陽呢？」

郭大路道：「那裡臭蟲太多。」

燕七道：「臭蟲？美人窩裡怎麼會有臭蟲？」

郭大路也發覺自己說漏嘴了，咳嗽了兩聲，嘿嘿笑道：「並不是真的臭蟲，只不過她那雙手老是在我身上爬來爬去，比臭蟲還討厭。」

燕七眨了眨眼，搖頭嘆息道：「最難消受美人恩，你真是有福不會享，我想找個臭蟲在我身上爬爬還找不到哩。」

郭大路道：「哈哈，哈哈。」

他也想笑得開心些，但聲音卻偏偏像是從驢脖子裡發出來的，好像有隻腳踩著了驢脖子。

燕七上上下下的瞧著他，道：「你是不是肚子又不舒服了？一定又吃得太飽。」

郭大路道：「嗯。」

燕七吃吃笑道：「那位姑娘既然對你這樣好，一定親自下廚房，特別弄了不少好東西給你吃，好讓你補補元氣。」

郭大路冷冷瞟了他一眼，道：「想不到你忽然也變得很有經驗了。」

燕七又嘆了口氣，道：「我怎麼有你這麼好的福氣呢。」

郭大路道：「你昨天晚上到哪裡去了？」

燕七道：「你還好意思問我，我在茶館裡等得發昏，連你的鬼影子都沒等著，只好一個人孤魂野鬼般到處亂逛，差點連睡覺的地方都找不到。」

「原來這小子也會裝蒜。」

郭大路恨得牙癢癢的，偏偏又不能拆穿他的把戲，只好嘿嘿笑道：「誰叫你沒耐心多等等的？害得我一個人要應付好幾個大姑娘，簡直煩得我要命。」

燕七搖著頭，不停的咳聲嘆氣，好像後悔得要命。

郭大路又有點開心了，接道：「其實你也用不著難受，下次總還有機會的。尤其其中有個小姑娘，不但長得漂亮，對人更溫柔體貼，你心裡想要什麼，用不著開口，她已經替你準備得好好的了。」

燕七聽得眼睛發直，道：「這麼樣說來，她簡直是位救苦救難的泥菩薩。」

郭大路怔了怔道：「泥菩薩？哪裡來的泥菩薩？」

他忽然想起昨天廟裡的那泥菩薩。

燕七笑道：「我的意思是女菩薩，專門救男人的女菩薩。」

郭大路這才鬆了口氣──做過賊的人，心總是比較虛的。

燕七道：「今天早上那女菩薩替你做了些什麼好東西吃？」

郭大路嚥了口口水，淡淡道：「也沒什麼好吃的，只不過是些燕窩囉、雞湯囉、麵囉、包子囉、火腿囉、蛋囉……」

他簡直恨不得把自己心裡想吃的東西全說出來，雖然沒吃到，至少也解解饞。

只可惜他實在說不下去了，因爲再說下去，他口水立刻就要流下來。

燕七嘆道：「看來你非但艷福齊天，口福也真不錯，我卻已經快餓死了，非要找個地方吃東西去不可……」

他話還沒有說完，郭大路已搶著道：「到哪裡去吃？我陪你去。」

燕七道：「不必了，你既然已吃飽，我怎麼好意思叫你陪我？」

郭大路又急又氣，已經忍不住快將老實話說出來了，幸好就在這時，奎元館的門忽然開了一線，一個人從裡面探出頭來，眼睛半閉，彷彿終年都睡不醒，一臉懶洋洋的樣子，斜眼瞄著他們，淡淡道：「小店就有東西吃，客官爲什麼要捨近求遠？」

燕七和郭大路全都笑了。

王動！

郭大路失笑道：「你這人做事倒真是神出鬼沒，究竟是什麼時候來的？什麼時候做了『奎元館』的伙計？」

王動淡淡道：「難得被郭大少請次客，若是睡過了頭，錯過機會，豈非冤枉得很？倒不如

索性頭一天晚上就趕來，睡在這裡等，也免得走路。」

燕七笑道：「好主意，王老大做事果然是十拿九穩，能請到這麼誠心誠意的客人，做主人的也一定感動得很。」

郭大路滿肚子苦水吐也吐不出，只有嘿嘿的乾笑，喃喃道：「我實在感動得很，簡直他媽的感動極了。」

王動道：「現在還沒到你感動的時候，等我們吃起來，那才真要你感動哩。」

燕七笑道：「不錯，非他媽的要他感動得眼淚直流不可。」

奎元館地方不小，有樓上樓下兩層，樓下也有十七八張桌子。

晚上桌子就都拼在一起，店裡的伙計就在桌子上打鋪。

店裡一共有七個伙計，現在正一個個睡眼惺忪的爬起來，紛紛招呼著王動，顯得既慇懃又親切。

「王大哥等的人已經來了麼？」

「還不快起來招呼王大哥的客人！」

郭大路眼睛發直，真想問問王動，什麼時候又做了這些人的大哥？

他忽然發覺王動這人做事不但神出鬼沒，而且交朋友也有兩手，他自己就永遠沒法子跟飯舖的伙計交上朋友。

燕七已忍不住問道：「這地方你以前常來麼？」

王動道：「這還是第一次。」

燕七的眼睛也直了，心裡也實在佩服得很，一天晚上就能夠將飯舖裡的伙計弄得這麼服貼，可真不是件容易事。

王動道：「你們要吃什麼，說吧，我這就叫他們去起火。」

燕七道：「給我來碗燉雞麵，煮三個蛋下去，再煎兩個排骨，有燻魚和餚肉也來兩塊。」

王動道：「我也照樣來一份好了，郭大少呢？」

郭大路又嚥了口口水，道：「我……」

他的話還沒有說出口，燕七已搶著道：「他不要，他已經吃得快脹死了。」

郭大路又急又氣又恨，恨得牙癢癢的，手也癢癢的，恨不得把拳頭塞到這多事婆的嘴裡去。

燕七眼珠子直轉，好像在偷偷笑，忽又問道：「林太平呢？來了沒有？」

王動道：「也來了，還在樓上睡大覺。」

燕七笑道：「看不出他睡覺的本事倒也不小。」

樓上非但沒有人，連個鬼影子都沒有。

屋角裡有幾張桌子拼在一起，桌上的確鋪著被，但被窩卻是空的。

燕七道：「他的人呢？」

王動也在發怔，道：「我剛剛下樓的時候，他明明還睡在這裡的，怎麼一下子人就不見了？」

燕七道：「你沒看到他下樓？」

王動搖搖頭，眼睛盯著扇窗子。

燕七笑道：「看來這人做事也有點神出鬼沒，又不要他付賬，他溜什麼？」

他眼睛也隨著王動向那扇窗子看過去。

樓上一共有八扇窗子，只有這扇窗子是開著的。

燕七又道：「剛才這扇窗子是不是開著的？」

王動道：「沒有，我不喜歡開著窗子睡覺，我怕著涼。」他悄悄的走向窗口。

窗下就是奎元館的後門，後門對著條小河，河上有條小橋。

河水雖然又髒又臭，小橋雖然又破又舊，但現在太陽剛昇起，淡淡的陽光照著河水，河水上的晨霧還未消散，微微的風吹著河畔的垂柳，風中隱隱傳來雞啼，看來倒真還有幾分詩情畫意。

殺風景的是，橋對面正有個揹著孩子的婦人蹲在河畔洗馬桶。

燕七皺了皺眉，又皺了皺鼻子，大聲道：「這位大嫂，剛才有個人從這扇窗戶裡下去，你瞧見了沒有？」

婦人抬起頭，瞪了他一眼，又低下頭，喃喃道：「大清早的，這人莫非撞見鬼了麼？」

燕七碰了一鼻子灰，只有苦笑著喃喃道：「這小子到哪裡去了？莫非掉在河裡淹死了麼？」

郭大路肚子愈來愈空，虛火上升，正想找個人出出氣，板著臉道：「淹死一個少一個，就怕他淹不死。」

王動眼角瞟著他，道：「這人今天早上怎麼這麼大的火氣，難道昨天晚上還沒有把火氣放出去？」

燕七吃吃笑道：「人家昨天晚上又有臭蟲，又有女菩薩，就算有天大的火，也該出得乾乾淨淨。」

王動道：「女菩薩？臭蟲？難道昨天晚上他睡在破廟裡的？那就不如到這裡來睡桌子了。」

郭大路的臉一下子就漲得通紅，幸好這時伙計已端著兩碗麵上樓。

好大的兩碗麵，還外帶兩大碟燻魚排骨。一陣陣香味隨著熱氣往郭大路鼻子裡鑽，你叫郭大路怎麼還受得了？

郭大路忽然集中注意，全心全意的盯著桌子下面，就好像桌子下面正有幾個小妖怪在演戲。

燕七和王動嘴裡雖在吃著麵，眼睛也不由自主隨著他向桌子下瞧了過去。

郭大路就趁著這機會，飛快的伸出手，往最大的一塊排骨上抄了過去。

誰知他的手剛摸到排骨，一雙筷子突然平空飛過去，「波」的，在他手背上重重的敲了一下。

燕七正在斜眼瞟著他，帶著笑道：「剛吃了十七八樣東西，還想偷人家的肉吃，難道真是餓死鬼投胎？」

這小子當真是天生的一雙賊眼。

郭大路漲紅著臉，訕訕的縮回了手，喃喃道：「狗咬呂洞賓，好心替他趕蒼蠅，他反而要咬我一口。」

燕七道：「這麼冷的天，哪來的蒼蠅？」

王動道：「蒼蠅雖沒有，至少臭蟲有幾個。」

這兩人今天也不知犯了什麼毛病，時時刻刻都在找郭大路的麻煩，隨時隨地都在跟他作對。

郭大路只好不理不睬，一個人發了半天怔，忽然笑道：「你們知不知道我在想什麼？」

沒有人說話，因為嘴裡都塞滿了肉。

郭大路只好自己接著道：「我在想，這碗麵的味道一定不錯。」

燕七喝口麵湯把肉送下肚，才笑道：「答對了，我們真還很少吃到這麼好吃的麵。」

郭大路道：「你知不知道這碗麵為什麼特別味道不同？」

燕七眨眨眼，道：「爲什麽？」

郭大路悠然道：「因爲這碗麵是用河裡的水煮的，洗馬桶的水味道當然特別不同了。」

燕七居然不動聲色，反而笑嘻嘻道：「就算是洗腳水煮的麵，也比餓著肚子沒有麵吃好。」

郭大路怔了半晌，忽然跳起來，張開雙手，大叫道：「我也要吃，非吃不可——誰再不讓我吃，我就要拚命了。」

三

林太平坐著在發怔。

幹什麼去了？

他已回來了很久，發了半天怔，好像在等著別人問他：「怎麼會忽然失蹤？到哪裡去了？

偏偏沒有人問他，就好像他根本沒有離開過似的。

林太平只有自己說出來，他先看了郭大路一眼，才緩緩道：「我剛才看到了一個人，你們永遠都想不到是誰。」

郭大路果然沉不住氣了，問道：「那個人我認不認得？」

林太平道：「就算不認得，至少總見過。」

郭大路道：「究竟是誰？」

林太平道：「我也不知道他是誰，因為我也不認得他。」

郭大路又怔住了，苦笑著道：「這人說的究竟是哪一國的話？你們誰能聽得懂他在說什麼？」

林太平也不理他，接著又道：「我雖不認得他的人，卻認得他那身衣服。」

郭大路忍不住又問道：「什麼衣服？」

林太平道：「黑衣服。」

郭大路笑了，道：「穿黑衣服的人滿街都是，我隨便從哪裡都能找到幾十個。」

林太平道：「除了他的衣服外，我還認得他的那柄劍。」

郭大路這才聽出點名堂來了，立刻追問道：「什麼樣的劍？」

林太平道：「一尺七寸長的劍，卻配著四尺長的劍鞘。」

郭大路吐出口氣，道：「你什麼時候看到他的？」

林太平道：「你們來的時候。」

郭大路忽然笑了，道：「你認為這件事很奇怪？」

林太平道：「你認為不奇怪？」

郭大路道：「他本來就是要到縣城裡來交差的，你若沒有在這裡看到他，那才奇怪。」

林太平道：「他本來應該將金獅子、棍子、鳳棲梧和那批賊贓都交到衙門裡去，是不是？」

郭大路道：「是。」

林太平道：「但衙門裡卻沒有聽說過這件事，這兩天根本沒有人押犯人來。」

郭大路這才覺得有點吃驚道：「你怎麼知道的？」

林太平道：「我已經到衙門裡去打聽過了。」

郭大路想了想，道：「也許他準備將犯人押到別的地方去。」

林太平道：「沒有犯人。」

郭大路皺眉道：「沒有犯人是什麼意思？」

林太平道：「沒有犯人的意思，就是金獅子、棍子、鳳棲梧，已經全不見了，那批賊贓也不見了，我一直追蹤到他落腳的地方，那地方只有他一個人。」

郭大路怔住了。

燕七和王動也怔住了。

林太平將郭大路面前的酒一飲而盡，淡淡道：「現在你認爲這件事奇怪不奇怪？」

郭大路道：「奇怪。」

十　殺人與被殺

一

桌子已拉開，棉被已收走。

奎元館客人上座的時候已經快到了。但現在樓上卻還是只有他們四個人。四個人動也不動的坐在那裡，就像是四個木頭人。

會喝酒的木頭人。

壺裡的酒就像是退潮般消失了下去，大家你一杯，我一杯，自己倒，自己喝，誰也不去招呼別人。

然後燕七、王動、郭大路就像是約好了似的，同時大笑了起來。

他們就算是白癡，現在也知道這次又上了別人個大當。

那黑衣人根本就不是官差，也不是什麼提督老爺派來調查金獅子和棍子的密探，他也是黑吃黑。

被人騙得這麼慘，本是很惱火的事。

但他們卻認為很可笑。

燕七指著郭大路，笑道：「王老大說的一點也不錯，該聰明的時候你反而糊塗了；不但糊塗，而且笨；不但笨，而且笨得要命。」

郭大路也指著他，笑道：「你呢？你也並不比我聰明多少。」

林太平一直在旁邊靜靜的看著他們，等他們笑聲停下來，才問道：「你們笑完了沒有？」

郭大路喘著氣，道：「還沒有笑完，只不過已沒力氣再笑。」

林太平道：「你們認為這件事很可笑？」

王動忽然翻了翻白眼道：「不笑怎麼辦？哭麼？」

這就是他們做人的哲學。

他們會笑，敢笑，也懂得笑。

笑不但可以令人歡愉，也可以增加你對人生的信心和勇氣。

「笑的人有福了，因為生命是屬於他們的。」

林太平看來卻笑不出。

郭大路道：「你為什麼不跟我們一樣笑？」

林太平道：「若是笑就能解決問題，我一定比你們笑得還厲害。」

郭大路道：「笑就算不能解決問題，至少總不會增加煩惱。」

他又笑了笑，接著道：「何況，你若學會了用笑去面對人生，漸漸就會發覺人生本沒有什麼真正不能解決的問題。」

林太平道：「無論你笑得多開心，還是一樣被人騙。」

郭大路道：「你不笑還是一樣被騙了，既然已被騙，爲什麼不笑？」

林太平不說話了。

郭大路道：「你究竟有什麼問題？」

燕七道：「你爲什麼對這件事如此關心？」

林太平沉默了半晌，道：「因爲那人就是真的南宮醜。」

燕七道：「你怎麼知道？」

林太平道：「我就是知道。」

郭大路道：「南宮醜和你又有什麼關係？」

林太平道：「沒有關係——就因爲沒有關係，所以我才要……」

郭大路道：「要怎樣？」

林太平道：「要殺了他。」

郭大路看看燕七，又看看王動，道：「你們聽見他說的話沒有？」

王動一動也不動。

燕七點點頭。

郭大路道：「這孩子說他要殺人。」

王動還是不動。

燕七又點點頭。

郭大路慢慢的回過頭，看著林太平。

林太平臉上一點表情也沒有。

郭大路道：「你剛才已看見他？」

林太平道：「是。」

郭大路忽然笑了，道：「那麼你剛才為什麼不殺了他？」

林太平臉上還是一點表情也沒有，他臉上就像是戴上了個面具。

鐵青色的面具，看來幾乎已有點可怕。

他一字字道：「我已經殺了他。」

壺裡又添滿了酒，因為王動吩咐過：「看到我們的酒壺空了，就來加滿。」

奎元館裡的伙計對王動很服貼。

每個人都瞪大了眼睛，望著酒壺。

郭大路忽然笑了笑，道：「酒不是用眼睛喝的。」

燕七道：「我的嘴很忙。」

郭大路道：「忙什麼？」

燕七道：「忙著把想說的話吞回肚子裡去。」

客人已漸漸來了，這裡已不是說話的地方。

郭大路端起酒杯，又放下，道：「郭大少難得請次客……」

燕七道：「這次便宜了你，我們走吧。」

林太平第一個站了起來，王動居然也站了起來。

郭大路的手已伸到他面前。

王動看看他，道：「你想幹什麼？想要我替你看手相？」

郭大路勉強笑了笑，道：「不必看了，我是天生的窮命，最要命的是，只要我一想請客，

袋子裡就算有錢也會飛走。」

王動道：「你想問我借錢付賬？」

郭大路乾咳了幾聲，道：「你知道，我昨天晚上幹的是件很費錢的事。」

王動本來想笑的，但看了林太平一眼，卻嘆了口氣，道：「你找錯人了。」

郭大路愕然道：「你的錢也花光了？」

王動道：「嗯。」

郭大路道：「你……你怎麼花的？」

王動道：「我昨天晚上幹的也是件很費錢的事。」

郭大路道：「你在幹什麼？」

王動道：「世上只有一件事比找女人更費錢，那就是賭。」

郭大路道：「你輸光了？輸給了誰？」

王動道：「這飯舖裡的伙計。」

郭大路怔了半晌，忍不住笑了，道：「難怪他們對你這麼服貼，飯舖裡的伙計對冤大頭總是特別服貼的，何況，你若把錢輸給我，我也一樣服貼你。」

王動道：「冤大頭不止我一個。」

郭大路道：「還有誰？」

王動看看林太平，又看看燕七。

郭大路跳起來，道：「難道你們的錢都輸光了？」

沒有人出聲，沉默就是答覆。

郭大路又一屁股坐了下去，苦笑道：「如此說來，這些伙計豈非全發了財？」

王動道：「他們也發不了財──他們遲早也會輸給別人的。」

郭大路慢慢的點著頭，喃喃道：「不錯，來得容易去得快，怎麼來的怎麼去。」

王動道：「但我們對人類總算也有點貢獻。」

郭大路道：「什麼貢獻？」

王動道：「錢流通得愈快，市面愈繁榮，人類就是這樣進步的。」

郭大路想了想，苦笑道：「你說的話好像總有點道理。」

王動道：「所以你也不必難受。」

郭大路道：「我難受什麼？我又沒有輸……」

王動道：「抱歉的是我們把你的錢也一齊輸了。」

郭大路怔住。

王動道：「破廟裡的泥菩薩陪人睡覺，也不會收錢的。」

郭大路的眼睛慢慢的變圓了，道：「你們知道？……你們早就串通好了的？……偷我的小偷就是……」

他手指忽然直戳到燕七的鼻子上，大叫道：「就是你。」

燕七道：「答對了。」

郭大路一把揪住他衣襟，咬著牙道：「你為什麼做這種事？」

燕七不說話，臉卻似有點發紅。

王動淡淡道：「他也是為你好，他不想朋友得花柳病。」

郭大路的手慢慢放開，一屁股又坐到椅子上，手摸著頭，喃喃道：「天呀……天呀，你怎麼會讓我交到這種好朋友的？」

他忽又跳起來，咬著牙道：「你們既然知道四個人都已囊空如洗，為什麼還要在這裡大吃大喝？」

王動道：「為了要讓你高興。」

郭大路忍不住叫了起來，道：「讓我高興？」

王動道：「一個人請客的時候，總是特別高興的，是不是？」

郭大路雙手抱頭，道：「是是是，我真高興，真他媽的高興得不如死了算了。」

一個伙計忽然走過來，道：「王大哥不必為付賬的事發愁，這裡的賬已算清了。」

郭大路嘆了口氣，道：「想不到這裡總算有個良心好的人。」

這伙計臉紅了紅，笑道：「我本來的確想替王大哥結賬，只可惜有人搶著先把賬會了。」

王動道：「是誰？」

這伙計道：「就是坐在那邊角上的那位客人。」

他回過身，想指給他們看，又怔住。

那邊角上的桌子上還擺著酒菜，人卻已不見了。

郭大路走在最後面，走了幾步，又回過頭，拍了拍送客下樓的伙計肩膀，道：「我有件事想問問你。」

這伙計道：「請說。」

郭大路道：「你贏了這麼多錢，準備怎麼花呢？」

這伙計道：「我不準備花它。」

郭大路瞪著他，就好像忽然看到個聖人似的。

這伙計忽又笑了笑，道：「我準備用它作本錢，再去贏多些，最近我手氣不錯。」

郭大路還在瞪著他，忽然大笑，笑得彎下腰，差點從樓上滾下去。

他大笑著拍這伙計的肩，道：「好主意，好主意，就要這樣，人類才會進步，我代表天下的人感激你。」

這伙計還想問：「感激我什麼？」

郭大路卻已走下了樓。

這伙計嘆了口氣，搖著頭，喃喃道：「看來這些人不但是冤大頭，而且還是瘋子。」

這句話其中的道理，本就很少有人能聽得懂的。

那伙計並不是聰明人，當然沒聽過這句話，就算聽過，也不會懂。

以前有個很聰明的人說過一句很聰明的話：「被人當做冤大頭和瘋子，其實也是件很有趣的事，甚至比被人當做英雄聖賢更有趣。」

這句話其中的道理，本就很少有人能聽得懂的。

世上有兩種人。

一種人做的事永遠是規規矩矩、順理成章，他們做的事無論誰都能猜得出，都能想得通。

另一種人做事卻不同了，他們專喜歡做些神出鬼沒的事，非但別人想不通他們在做什麼，也許連他們自己都想不通。

王動就是這種人。

林太平也是。

但世人卻還有樣東西比這種人更神出鬼沒。

那就是錢。

你不想要錢的時候，它往往會無緣無故、莫名其妙的來了。

你最需要它的時候，卻往往連它的影子都看不到。

二

殺人是什麼滋味？

很少人知道。

一萬個人中，也許只有一個是殺過人的。

有人說：「不管殺人是什麼滋味，至少總比被人殺好。」

說這種話的人，他自己一定沒有殺過人。

也有人說：「殺人的滋味比死還可怕。」

說這種話的人，就算自己沒有殺過人，至少已經很接近了。

「你有沒有殺過人？」

「你怎麼殺他的？」

「你爲什麼要殺他?」

林太平一直在等著他們問他這三句話。

他們沒有問。

王動、燕七、郭大路,三個人又好像約好了,連一句話都沒有問。

一路上三個人根本沒有開過口。

縣城距離那山城並不遠,但是不說話的時候就顯得很遠了。

郭大路嘴裡有一搭沒一搭的哼著小調,曲調也許已流傳很久,歌詞卻一定是他自己編的。

除了他之外,沒有人能編得出這種歌詞來。

「來的時候威風,去的時候稀鬆。來的時候坐車,去的時候乘風。來的時候鏜鏜響,去的時候已成空。來的時候……」

燕七忽然道:「你在唱什麼?」

郭大路道:「這叫『來去歌』,來來去去,一來一去,去的不來,來的不去。」

燕七忽地跟著他的調子唱道:「放的不通,通的不放,放放通通,一通一放。」

郭大路道:「放什麼?」

燕七道:「狗屁。這叫放狗屁。」

郭大路板著臉道:「你們用不著臭我,以前有人求我唱,我還懶得唱哩。」

王動點點頭,道:「我知道那些是什麼人。」

燕七眨眨眼，道：「是什麼人？」

王動道：「聾子。」

郭大路想板起臉，自己卻忍不住笑。

林太平忽然冷笑，道：「聾子至少比那些裝聾作啞的人好。」

郭大路眨眨眼，道：「誰裝聾作啞？」

林太平道：「你，你，你。」

他用手指往他們三個人臉上一個個點了過去，接道：「你們心裡明明有話要問，為什麼還不問出來？」

王動道：「不是不問，是不必問。」

林太平道：「為什麼不必問？」

王動道：「那種人活著不嫌多，死了也不嫌少。」

郭大路道：「對，對，那種人死一個少一個，愈少愈好。」

他拍了拍林太平的肩，笑著道：「你既然沒有殺錯人，我們又何必問呢？」

林太平咬著牙，忽又道：「你們殺過人沒有？」

郭大路看看王動，王動看看燕七。

燕七苦笑道：「我只被人殺過。」

林太平忽然縱身向路旁掠了過去，剛落到樹後，哭聲已傳了出來。

燕七看看郭大路，郭大路看看王動。

王動道：「他以前沒有殺過人。」

郭大路點點頭，道：「這是他第一次殺人。」

燕七嘆了口氣，道：「原來殺人的滋味比被殺還難受。」

王動道：「南宮醜發現他在後面跟蹤，一定以為他已發現了黑吃黑的秘密，所以就先向他出手，想殺了他滅口。」

郭大路道：「誰知想殺人的，反而被殺了。」

燕七道：「林太平的武功好像比我們強得多，比南宮醜也強得多。」

郭大路嘆道：「這就叫做人不可貌相，海水不可斗量，我剛看到他的時候，還以為他連隻雞都抓不住。」

哭聲還沒有停。

燕七道：「想殺人的未必殺得了人，他雖然殺了人，卻不想殺人的。」

郭大路道：「我們去勸勸他好不好？」

王動道：「不好。」

郭大路道：「為什麼？」

王動道：「哭雖然沒有笑好，但一個人偶爾能大哭一場也不錯。」

郭大路嘆道：「我還是寧可笑，一個人要笑的時候，至少用不著躲在樹後頭。」

燕七也嘆了口氣，道：「而且你無論怎麼笑都不必怕人家來看熱鬧。」

你愈怕別人看熱鬧，愈有人來看熱鬧。

現在還沒有天黑，路上的人還很多，有的人已停下腳，直著脖子往這邊瞧，有的人甚至已

走了過來。

郭大路擦了擦汗，苦笑著悄悄道：「我只希望別人莫要懷疑他是被我們欺負哭的。」

沒有人「懷疑」。

每個人簡直都已確定了。

看到這些人的眼色，燕七也不禁擦了擦汗，道：「你趕快想法子把他勸走好不好？」

郭大路苦笑道：「我沒那麼大本事，我最多也不過只能挖個洞。」

燕七道：「挖個洞幹什麼？」

郭大路道：「好鑽到洞裡去，也免得被人家這麼樣死盯著。」

燕七嘆道：「你最好挖個大點的。」

郭大路恨恨道：「你們若是少輸些，若是沒有輸光，我們至少還能僱輛車，讓他坐在車裡

去哭個痛快。」

這句話剛說完，居然真的就有輛很漂亮的馬車駛了過來，而且就停在他們面前。

燕七瞟了王動一眼，悄悄道：「我們最後那一把的確不該賭的，既然已輸定了，就不該想

翻本。」

王動淡淡道：「賭錢的人若不想翻本，靠賭吃飯的人早就全都餓死，你總不至於想看人餓死吧。」

那馬車的車伕忽然跳下車，走到他們面前，陪著笑道：「哪位是郭大爺？」

郭大路道：「誰找我？找我幹什麼？」

車伕躬身道：「請郭大爺上車。」

郭大路道：「我不喜歡坐車，我喜歡走路。」

車伕陪笑道：「這輛車是郭大爺的朋友特地僱來的，車錢早已付過了。」

郭大路怔了怔，道：「誰僱的？」

車伕笑道：「那是郭大爺的朋友，郭大爺不認得，小人怎麼會認得？」

郭大路想了想，忽然點點頭，道：「我想起他是誰了，他是我的乾兒子。」

一坐上車，林太平就不哭了，只是坐在那裡呆呆的發怔。

燕七忍不住問道：「你真有乾兒子？」

郭大路苦笑道：「我有個見鬼的乾兒子。我就算想做人家的乾兒子，人家也嫌我太窮，哪有人肯做我的乾兒子？」

燕七皺眉道：「那麼僱車的人是誰呢？」

郭大路道：「八成就是那個在奎元館替我們會賬的人。」

燕七道：「你瞧見那人沒有？」

郭大路嘆道：「那時別人不看我，已經謝天謝地了，我怎麼還敢去看別人？」

一個人要付賬，口袋裡卻沒錢的時候，的確連頭都抬不起來的。

燕七道：「你呢？」

他沒有問林太平，問的是王動。

林太平那時當然也沒有心情去注意別人。

王動笑了笑，道：「那時我只顧著看郭大少臉上的表情，我從來也沒有看過他那麼可愛。」

郭大路瞪了他一眼，道：「我只恨沒有看到你把錢輸光時的樣子，你那時臉上的表情一定也很可愛。」

於是燕七也開始發怔，他自己也沒看見替他們付賬的是誰。

王動道：「那車伕找的是郭大少，那人一定是郭大少的朋友。」

郭大路嘆了口氣，道：「我可沒有那麼闊的朋友，我的朋友中，最闊的就是你。」

王動道：「我很闊？」

郭大路道：「你至少還有棟房子，雖然是人厭鬼不愛的房子，但房子總歸是房子。」

王動淡淡道：「你若喜歡，我就送給你吧。」

郭大路道：「我不要。」

王動道：「為什麼不要？」

郭大路笑道：「我現在身無長物，囊空如洗，樂得無牽掛，不像你們，還要為別的事擔心。」

燕七道：「王老大還有棟房子可擔心，我有什麼好擔心的？」

郭大路上上下下瞟了他一眼，笑道：「你至少還有身新衣裳，做事的時候就免不了要看看地上有沒有泥巴，怎及得我這樣自由自在。」

燕七凝視著他，道：「這世上真的沒有一個你關心的人？沒有一樣你關心的事？」

郭大路忽然不說話了，目中間似乎露出了一絲悲傷之色。

燕七忽然發現這人也許並不像表面看來那麼開心，說不定也有些傷心事，只不過他一直隱藏得很好，從不讓別人知道。

他只讓別人知道他的快樂，分享他的快樂。從不願別人來分擔他的痛苦和憂鬱。

燕七看著他，一雙眸子忽然變得分外明亮。

他和郭大路相處得愈久，愈覺得郭大路確實是個很可愛的人。

也不知過了多久，王動忽然長長嘆息了一聲，道：「快到了，快到家了。」

他嘆息聲中充滿了歡愉滿足之意。

往窗外望出去，已可看到那小小的山坡。

郭大路也忍不住長長嘆了口氣，道：「看來無論是金窩銀窩，也比不上你那狗窩。」

王動瞪眼道：「我的狗窩？」

郭大路笑了，道：「我們的狗窩。」

三

黃昏。

夕陽滿山。

金堆中的一串白玉。

半枯的秋草在夕陽下看來宛如黃金，遍地的黃金；石板砌成的小徑斜向前方伸展，宛如黃金堆中的一串白玉。

風在吹，鳥在啼，秋蟲在低語，混合成一種比音樂還美妙的聲音，它美妙得宛如情人的耳畔低語。

滿山瀰漫著花的香氣、草的香氣、風的香氣。甚至連夕陽都彷彿被染上了芬芳，芬芳得宛如情人鬢邊的柔髮。

人生原來竟如此芬芳，如此美妙。

郭大路長長嘆了口氣，大笑道：「我現在才知道窮原來也是件很開心的事。」

燕七道：「開心？」

郭大路說道：「有錢人有幾個能享受到這樣的美景？能呼吸到這樣的香氣？他們只能聞得

到銅臭氣。」

燕七也笑了。

郭大路忽然發覺他的笑容如夕陽般燦爛，忍不住笑道：「我現在才發現你一點也不醜，只

不過有時的確太髒了些。」

燕七這次居然沒有反唇相譏，反而垂下了頭。他本來並不是這麼好欺負的人，是什麼令他

改變了的？

是這夕陽？是這柔風？還是郭大路這明朗的笑臉？

王動忽然道：「有錢也並不是壞事。」

郭大路道：「窮呢？」

王動道：「窮也不壞。」

郭大路道：「什麼才壞？」

王動道：「什麼都不壞，壞不壞只看你這個人懂不懂得享受人生。」

郭大路仔細咀嚼著他這句話，心中忽然充滿了溫暖、幸福，和滿足。

他滿足，只因他能活著。

他活著，就能享受人生──如此美妙的人生。

所以，朋友們，你絕不要為有錢而煩惱，更不要為窮而煩惱。

只要你懂得享受人生，你就算沒有白活。

那麼有天你就算死了，也會死得很開心。

因為你活得也比別人開心。

馬車不能上山，他們就走上山。

他們走得很慢。

因為他們知道無論走得多慢，總還是會走到的。

天已漸漸黑了。

他們也絕不擔心。

因為他們知道天很快還會亮的。

所以他們心中充滿了歡愉，就連林太平眼睛都明亮了起來。

來，也美麗得有似宮殿。

每個人都有座宮殿，他的宮殿就在他心裡。

奇怪的是，有些人卻偏偏找不到。

王動尖銳的面容也變得柔和起來，忽然笑了笑，問道：「你們猜猜，我回去後，第一件事

想幹什麼？」

他們終於看到了王動那棟房子，雖然是棟又舊又破的房子，但在這夕陽朦朧的黃昏時看

郭大路和燕七同時搶著道：「上床睡覺。」

王動道：「答對了。」

但人生中時常也會發生意外的。

他們還沒有走到那棟屋子，忽然看到窗子裡亮起了燈光。

開始時是對著門的那扇窗子。

然後每扇窗子都接著有燈光亮起。

燈光明亮。

他們又怔住。

燕七道：「屋子裡有人。」

郭大路道：「會不會有朋友來看你？」

王動道：「本來是有的，自從我將最後一張椅子賣掉了後，朋友就忽然全都不見了。」

他淡淡的笑了笑，接著道：「他們也許全都和我一樣懶，怕來了之後沒地方坐。」

這淡淡的笑容，正象徵著他對人生瞭解得多麼深刻。

所以他對任何人都沒有很大的要求。

他給的時候，從沒有想到要收回來——這也許就是他為什麼活得比別人快樂的原因之一。

燕七皺眉道：「那麼，是誰點的燈呢？」

郭大路笑道：「我們何必猜？只要進去看看，豈非就知道了？」

這本來也是種很正確的態度，但這次卻錯了。

他們進去看了，還是不知道。

十一　來路不明的書生

屋子裡沒有人。

燈光就像是自己燃著的。

嶄新的銅燈，亮得像黃金。

嶄新的銅燈擺在嶄新的梨花木桌上，嶄新的桌子擺在嶄新的波斯地氈上，銅燈旁邊還有鮮花——

什麼都有。

只要是你能在一間屋子裡看到的東西，這屋子裡就樣樣俱全。

這裡就像是出現了奇蹟。

唯一還沒有改變的，就是王動的那張大床。

但床上也換了嶄新的被褥，被上還繡著花朵。

郭大路站在門口，看得眼珠子都快掉了下來，喃喃道：「我們是不是走錯了地方？」

燕七苦笑道：「沒有走錯，別的地方絕沒有這麼大的床。」

郭大路嘆道：「看來這地方真像是有神仙來照顧過了，不知道是不是女神仙？」

燕七道：「看來王老大一定也和董永一樣，是個孝子，感動了天上的仙子。」

郭大路道：「仙子說不定是來找我的，我也是個孝子。」

燕七道：「你是個傻子。」

他們嘴裡雖這麼樣說，心裡卻都已明白，一定有個人將這些東西送來，這人也許就是那在奎元館替他們付賬的人。

他們這麼說，只不過是在掩飾心裡的驚疑和不安。

因為他們猜不出這人是誰，更猜不出這人為什麼要做這些事。

王動慢慢的走到床邊，慢慢地脫下鞋子，很快的躺了下來。

他無論做什麼事時，都慢條斯理，一點也不著急，只有躺下去時，卻快得很，快得要命。

郭大路皺眉道：「你就這樣睡了麼？」

王動打了個呵欠，呵欠就算他的回答。

郭大路道：「你知不知道這些東西是誰送來的？」

王動道：「不知道。我只知道累了就要睡覺。」

郭大路道：「你這樣睡了麼？」

這些東西是仙女送來的也好，是惡鬼送來的也好，他都不管。就算天下所有的仙女和惡鬼全都來了，也不能叫他不睡覺。

他只要一閉上眼睛，好像就立刻能睡得著。

郭大路嘆了口氣，道：「我倒還真佩服他。」

燕七咬著嘴唇，道：「我到後面的院子去看看，也許人在那裡。」

後面的院子裡還有排屋子，就是那天酸梅湯他們住的地方。

前面這排屋子除了正廳和花廳外，還有七八間房，除了王動睡的這間外，還有三間屋子裡

也擺著很舒服的床。

郭大路喃喃道：「他居然還知道我們有四人住在這裡，想得倒真週到。」

突聽燕七在後面院子裡大叫道：「你們快來看看，這裡有個……有個……」

有個什麼東西，他竟好像說不出來。

郭大路第一個衝出去，林太平也在後面跟著。

院子裡已打掃得乾淨，居然還不知從哪裡移來幾竿修竹，一叢菊花，燕七正站在菊花叢

中，看著樣東西發呆。

他看著的赫然是口棺材。

嶄新的棺材。

棺材頭上彷彿刻著一行字，仔細一看，上面刻的赫然竟是『南宮醜之柩』。

林太平突然全身冰冷，連嘴唇上的血色都褪得乾乾淨淨。

郭大路心裡也有點發毛，忍不住問道：「你在什麼地方殺他的？」

林太平道：「就……就在外面。」

郭大路道：「什麼地方外面？」

林太平道：「他住的屋子外面。」

郭大路道：「你殺了他後，有沒有把他的屍體埋起來？」

林太平咬著嘴唇，搖搖頭。

郭大路嘆道：「你倒真是管殺不管埋。」

林太平的樣子就好像又要哭出來了。

燕七道：「無論誰第一次殺人的時候，都難免心慌意亂，殺人之後只怕連看都不敢再看一眼，哪裡顧得了別的。」

郭大路道：「你這倒好像是經驗之談。」

燕七道：「你莫忘了，我雖然沒有殺過人，至少被人殺過。」

郭大路嘆了口氣，道：「你殺他的時候，旁邊還有沒有別的人？」

林太平又搖搖頭。

郭大路道：「若沒有別人，是誰把他屍身裝進棺材裡的？這棺材又是誰送來的？」

他忽然笑了笑，又道：「總不會是他自己跳進棺材，再將棺材送來的吧。」

郭大路有個毛病，無論什麼時候都忍不住要開開玩笑。

他自己也知道玩笑開得並不妙。

林太平的臉色變得更慘，咬著嘴唇，吶吶道：「我……我本不是……」

這句話還沒有說完，棺材裡忽然「咚」的一響。

接著，又是「咚」的一響。

燕七和郭大路的臉色也不禁變了。

「莫非棺材裡的死人已還魂？」

郭大路拍了拍林太平的肩，勉強笑道：「用不著害怕，他活著時我們都不怕，死了怕什麼？」

燕七道：「既然不怕，就索性打開棺材，讓他出來吧。」

他好像真的要去將棺材打開。

郭大路忍不住道：「等一等。」

燕七道：「你不是不怕的嗎？」

郭大路道：「我當然不怕，只不過……只不過……」

「咚，咚咚！」這次棺材裡竟一連串的響了起來，而且聲音比剛才更大，真的好像死人急著要出來。

膽子小的人，此刻只怕早已被嚇得落荒而逃了。

林太平忽然道：「讓我來開這口棺材，他反正是來找我的。」

郭大路道：「你不能去，還是讓我來。」

他嘴裡說著話，人已跳了過去。

其實他心裡也很怕，也許比別人還怕得厲害，這若是他自己的事，說不定他早已溜之大

吉。

但林太平是他的朋友，只要是朋友的事，他就算怕得要命也會硬著頭皮挺上去。

燕七瞧著他，目光又變得很溫柔，忽然道：「你不怕被鬼抓去？」

郭大路道：「誰說我不怕的？」

他嘴裡在說「怕」，手已將棺材蓋起。

「颼」的，一樣活生生的東西從棺材裡竄了出來。

郭大路就算真的膽大包天，也忍不住叫了出來。

從棺材裡跳出來的這樣東西也在叫，「汪汪汪」的叫。

是條狗，黑狗，活生生的黑狗。

郭大路怔在那裡，擦著汗，想笑，卻笑不出口，過了很久，才長吐出口氣，苦笑著道：

「這玩笑實在開得不高明，只有白癡才會開這種玩笑。」

燕七道：「他絕不是白癡，也絕不是在開玩笑。」

郭大路道：「不是玩笑，是什麼？」

燕七道：「這人不但知道林太平殺了南宮醜，而且還知道林太平住在這裡。」

郭大路嘆道：「他知道的事確實不少，可是他為什麼要這樣做的？」

燕七也嘆了口氣，道：「也許他另有用意，也許他只不過吃飽了飯沒事做而已；不管是為

了什麼，他既然已做了就絕不會停止。」

郭大路道：「你認為他一定還要再做些別的事？」

燕七點點頭，道：「所以我們只要能沉住氣，就一定能等得到他的。」

他也拍了拍林太平的肩，笑道：「所以我們現在還是去睡吧，放著那麼舒服的床，不睡才

真的是白癡。」

只聽王動的聲音遠遠從屋子裡傳出來，道：「答對了。」

第二天早上郭大路是被一串鈴聲吵醒的。

他醒的時候，鈴聲還在「叮叮噹噹」的響，好像是從花廳那邊傳過來的。

每個人起床時火氣總比平時大些，尤其是被人吵醒的時候。

這就叫做「下床氣」。

郭大路忍不住吼了起來，道：「是誰在窮搖那鬼鈴鐺？手癢麼？」

他叫的時候，好像聽到王動也在叫。

鈴聲卻還是不停。

郭大路跳起來，赤著腳衝出去，喃喃地道：「一定是燕七那小子，他的手好像隨時隨地都

會癢。」

只聽一人笑道：「我的手癢時只想打人，卻絕不搖鈴。」

燕七也出來了，身上的衣服居然已穿得整整齊齊。

這人就好像每天都是穿著衣服睡覺的。

郭大路揉了揉眼睛，作了個苦笑，又皺著眉說道：「總不會是林太平吧，除非他真的是被鬼迷住了。」

鈴聲還在響。

這時他們聽得很清楚，的確是從花廳裡傳出來的。

兩個人對望了一眼，同時衝了進去。

林太平的確在花廳裡，但搖鈴的卻不是他。

他只不過站在那裡發怔，搖鈴的是條貓。

黑貓。

一個鈴鐺用繩子吊在花架下，繩子的另一頭就綁在這黑貓的腳上。

黑貓不停的跳，鈴鐺不停的響。

花廳中的桌子上擺著一大桌的東西，都是吃的東西，有雞、有鴨、有包子、有饅頭，還有一大罈酒。

黑貓搖鈴，原來是叫他們來吃早飯。

郭大路忍不住又揉揉眼睛，道：「我的眼睛有毛病麼？」

燕七道：「你的眼睛只有在看到女人時，才會有毛病。」

郭大路苦笑道：「也許這是條女黑貓。」

燕七道：「是公的。」

郭大路道：「你怎麼知道？」

燕七道：「因為牠看來並不喜歡你。」

郭大路眨眨眼，道：「就算是母的，也不會喜歡我，喜歡的一定是王老大。」

這次輪到燕七不懂了，忍不住問道：「為什麼？」

郭大路道：「母貓都喜歡懶貓。」

突聽王動的聲音在後面道：「我看這條貓一定是母的。」

這次郭大路和燕七都不懂了，幾乎同時問道：「為什麼？」

王動道：「因為牠會做飯。」

貓當然不會做飯。

郭大路撕下條雞腿，塞進嘴裡，又拿出來，道：「雞還是熱的。」

燕七道：「包子也是熱的。」

郭大路道：「看來這些東西送來還不久。」

燕七道：「答對了。」

郭大路道：「是誰送來的呢？難道也是那個在奎元館替我們付錢的人？」

毛，道：

燕七道：「又答對了。」

郭大路道：「他為什麼要這樣拍我們的馬屁，難道真是我乾兒子？」

燕七道：「咪咪……咪咪……」

郭大路道：「你幾時變成一條貓了，我可聽不懂貓說的話。」

燕七「噗哧」一笑，道：「我是在跟你的乾兒子說話。」

他將每樣東西都撕了一點，放在盤子上，那黑貓已跳了過來，燕七輕輕撫著牠脖子上的

道：「這些東西都是你送來的，你自己先嚐點吧。」

郭大路也笑了，道：「這人好孝順，看來倒好像是這條貓的乾兒子。」

其實他當然也知道燕七這樣做是為了要試試這些東西裡有沒有毒。

燕七做事好像總是特別細心，看來卻偏偏又不像是個細心的人。

細心的人沒有那麼髒的，他簡直就從來不洗澡。

食物中沒有毒，郭大路的雞腿已下了肚。

燕七道：「看來這人對我們倒沒有什麼惡意，只不過有點毛病而已。」

郭大路道：「不是有點毛病，是有很多毛病，毛病不大的人，怎麼會做這種事？」

他吞下個包子，忽又道：「這人一定是個女的。」

燕七道：「你怎麼知道？」

郭大路道：「只有女人才會做這瘋瘋癲癲的事。」

燕七咬著嘴唇，居然也點了點頭，才說道：「她這麼樣做，說不定是因為看上了你，要討好你，因為……」

郭大路笑了，忍不住問道：「因為什麼？因為我很有男子氣？還是因為我長得俊？」

燕七道：「都不是。」

郭大路道：「是因為什麼呢？」

燕七淡淡道：「只不過因為她是個瘋瘋癲癲的女人，也只有瘋瘋癲癲的女人才會愛上你。」

郭大路想板起臉，卻又忍不住笑了，道：「瘋女人至少總比沒有女人好。」

窗外陽光普照大地，在這種天氣裡，別人無論說什麼他都不會生氣，尤其不會對燕七生氣。

他喜歡燕七。

他漸漸覺得自己在這堆朋友中最喜歡的就是燕七。

奇怪的是，燕七卻偏偏好像處處都要跟他作對，隨時隨地都要找機會臭臭他。

更奇怪的是，燕七愈臭他，他愈喜歡燕七。

王動總是在旁邊看著他們臭來臭去，他看著他們的時候，眼睛裡總是有種很特別的笑意。

郭大路的手剛將包子送到嘴裡去，就去拿酒杯。

燕七瞪了他一眼，道：「酒鬼，你難道就不能等到天黑再喝酒嗎？」

郭大路笑了笑，居然將酒杯放下來，喃喃地道：「誰說我要喝酒，我只不過是想用酒來漱漱口而已。」

就在這時，他們忽然聽到外面有人在曼聲長吟：「遠上寒山石徑斜，白雲深處有人家，停車坐看楓林晚，霜葉紅於二月花……好一片風光呀，好一處所在。」

郭大路又笑笑，道：「來了個酸丁。」

王動道：「不是一個，是三個。」

郭大路道：「你怎麼知道？」

王動還沒有說話，外面果然有另一人的聲音道：「公子既然喜歡這裡，咱們不如就在這裡歇下吧，我走得腿都酸了。」

又有一人道：「不知道這家的主人是誰？肯不肯讓我們進去坐坐？」

這兩人的聲音聽來還是孩子，但孩子也是人，來的果然是三個人。

郭大路嘆了口氣，道：「好靈的耳朵，雖然只不過是條懶貓，耳朵還是比人靈。」

「咪」的一聲，那黑貓已竄了出去。

貓的耳朵果然特別靈，連王動自己都不禁笑了。

只聽那位公子道：「高門掩而不閉，靈奴已來迎客，看來這家主人不但好客，而且，還必定風雅得很……風雅得很。」

郭大路忍不住笑道：「風雅雖未必，好客卻倒是真的。」

他第一個迎了出去。

旭日新鮮得像剛出爐的饅頭，令人看了不由自主從心底升出一種溫暖之意。

在這麼好的天氣裡，無論誰都會變得分外友善的。

郭大路臉上帶著友善的微笑，望著門外的三個人。

兩個垂髻童子，一個揹著個書箱，一個挑著擔子，站在他們主人身後；兩張小臉被曬得好像是個熟透了的蘋果。

他們的主人是個文質彬彬的書生，年紀並不太大，長得非常英俊，而且風度翩翩，溫文有禮。

這麼樣三個人，無論誰看到都不會討厭的。

郭大路笑道：「你們是遊山來的？倒真的選對了天氣。」

書生長揖，道：「小可無端冒昧，打擾了主人清趣，恕罪恕罪。」

郭大路道：「也不是主人，是客人，所以我才知道這裡的主人好客。」

書生笑道：「卻不知主人在何處？是否能容小可一見？」

郭大路道：「這裡的主人雖好客，卻有點病。」

書生道：「不知主人有何清急？小可對歧黃之道倒略知一二。」

郭大路笑道：「他的病你只怕是治不好的，他得的是懶病。你若想見他，只好自己進去。」

書生微笑道：「既然如此，就恭敬不如從命了。」

他走路也很斯文，簡直有點弱不禁風的樣子，但那兩個垂髫童子身上揹的書箱和擔子卻好像不太輕。

挑擔子的一個走在最後面，一路走，擔子裡一路叮叮的響。

郭大路摸了摸他的頭，道：「你這擔子裡裝的是什麼呀？重不重？」

這孩子眼睛眨眨，道：「不太重，只不過是些酒瓶子，茅台酒都是用瓶子裝的；我們公子最愛喝酒，還喜歡作詩，我不會作詩，我只會喝酒。」

郭大路笑了，問道：「你也會喝酒？你多大年紀了呀？」

這孩子道：「十四了，明年就十五。我叫釣詩，他叫掃俗，我們家公子姓何，人可何，我們是從大名府來的。因為我們的主人喜歡遊山玩水，所以我們成年難得在家裡。」

郭大路每問一句話，這孩子至少要回答七八句。

郭大路愈看愈覺得這孩子有趣，故意逗著他，又問道：「你為什麼叫釣詩呢？詩又不是魚，怎麼能釣得起來。」

釣詩撇了撇嘴，好像有點看不起他，道：「這典故你都不懂嗎？因為酒的別名又叫做『釣詩鈎』，我總是替公子揹酒，所以叫釣詩，因為讀書能掃掉人肚子裡的俗氣，所以他叫做掃

俗。」

他上上下下瞧了郭大路幾眼，又道：「你大概沒有唸過什麼書吧？」

郭大路大笑，道：「好孩子，果然是強將手下無弱兵，不但能喝酒，還很有學問。」

他大笑著又道：「我書雖唸得不多，酒卻喝得不少，你想不想跟我喝幾杯？」

釣詩道：「你酒量若真的好，為什麼不敢跟我們公子喝酒去？」

郭大路這才發現那何公子早已進了花廳，已開始和王動他們寒暄起來，從窗口看進去，可以看到王動和林太平對他也很有好感。

燕七卻有點心不在焉的樣子，不時扭過頭往窗子外面看。

郭大路一看到他，他就站了起來，一面背對著別人向郭大路悄悄打了個手式，一面往外邊走。

他走出花廳時，郭大路迎了上去，道：「你找我有事？」

燕七白了他一眼，道：「你為什麼好像總是長不大似的？跟孩子聊得反而特別起勁。」

郭大路笑道：「那孩子的一張嘴比大人還能說會道，有時你若跟孩子們聊聊，就會發現自己也好像變得年輕起來。」

燕七沒有說話，卻沿著長廊，慢慢的向後院走了過去。

郭大路也只好跟著他走，忍不住問道：「你有話要跟我說？」

燕七又走了段路，才忽然回頭，道：「你看這位何公子怎麼樣？」

郭大路道：「看來他倒是個很風雅的人，而且據說還很能喝酒。」

燕七沉吟道：「你想他會不會就是那……」

郭大路眼睛一亮，搶著道：「就是那在奎元館替我們付賬的人？」

燕七點點頭，道：「你想可不可能？」

郭大路道：「嗯，我本來沒有想到這點，現在愈想愈有可能。」

燕七道：「這地方又沒有什麼名勝風景，遊山的人怎麼會遊到這裡來？而且遲不來，早不來，恰巧在今天早上來。」

郭大路道：「世上湊巧的事本來很多，但這件事的確太巧了些。」

燕七道：「你以前有沒有見過他？」

郭大路道：「沒有。」

燕七道：「你再想想。」

郭大路道：「用不著再想，這樣的人我若見過，一定不會忘記。」

燕七咬著嘴唇，道：「看王老大和林太平的樣子，好像也不認得他。」

郭大路道：「他叫什麼名字？」

燕七道：「他自己說他叫何雅風，但也可能是假名。」

郭大路道：「他為什麼要用假名字？難道你認為他對我們有惡意？」

燕七道：「到目前為止，倒看不出有什麼惡意。」

郭大路道：「非但沒有惡意，簡直可以說對我們太好了，好得已不像話。」

燕七道：「就因為他對我們太好，所以我才更覺得懷疑——一個人若是對別人好得過了份，多少總有些目的。」

郭大路忽然笑了笑。

燕七道：「你笑什麼？」

郭大路道：「我在想，一個人『做人』實在很難，你若對別人太好，別人會懷疑你有目的；你若對別人太壞，別人又會說你是混蛋。」

燕七瞪了他一眼，道：「我就知道你一定會幫著他說話的。」

郭大路道：「為什麼？」

燕七道：「因為他也能喝酒，酒鬼總認為一個人只要能喝酒，就絕不會是壞人。」

郭大路笑道：「這倒是實話，喝酒痛快的人，心地總比較直爽些，你絕不會看到喝醉酒的人，還在打主意害人的。」

燕七道：「他並沒有醉。」

郭大路道：「快醉了——我現在就打算進去把他灌醉。」

他笑了笑，又道：「只要他一喝醉，就不怕他不說實話。」

燕七忽然也笑了笑。

郭大路道：「你笑什麼？」

燕七道：「我在想，你這人至少還有樣別人比不上的長處。」

郭大路笑道：「我的長處至少有三百多種，卻不知你說的是哪一種？」

燕七道：「你隨時隨地都能把握住機會。」

郭大路道：「什麼機會？」

燕七道：「喝酒的機會。」

郭大路弄錯了一件事——人清醒時有很多種，所以喝醉了時也並不完全一樣，並不是都像他自己那樣，只要一喝醉，就把心裡的話全說出來。

有的人喝醉了喜歡吹牛，喜歡胡說八道，連他自己都不知道在說什麼，等到清醒時早已忘得乾乾淨淨。

還有的人喝醉了根本不說話。

這種人喝醉了也許會痛哭流涕，也許會哈哈大笑，也許會倒頭大睡，但卻絕不說話。

他們哭的時候如喪考妣，而且愈哭愈傷心，哭到後來，就好像世上只剩下了他這麼一個可憐人。

你就算跪下來求他，立刻給他兩百萬，他反而會哭得更傷心。

等他清醒時，他再問他為什麼要哭，他自己一定也莫名其妙。

他們笑的時候，就好像天上忽然掉下了滿地的金元寶，而且除了他之外，別人都撿不到。

就算他的家已被燒光了，他還是要笑。你就算「劈劈拍拍」給他十幾個大耳光，他也許笑得更起勁。

他們只要一睡著，那就更慘，就算全世界的人都來踢他一腳，也踢不醒，就算把他丟到河裡，他還是照睡不誤的。

何雅風恰巧就是這種人。

開始的時候，他好像還能喝，而且喝得很快，不停的把酒一杯又一杯往嘴裡倒，但忽然間，你剛眨了眨眼，他已經睡著了。

他一睡著，郭大路就笑。

燕七恨恨道：「你也喝醉了麼？」

郭大路道：「我醉？你看，我有沒有一點喝醉的樣子？」

燕七道：「沒有一點，有八九點。」

郭大路道：「你錯了，我現在清醒得簡直就像孔夫子一樣。」

燕七道：「你笑得卻像是土狗。」

郭大路道：「我只不過笑他，還沒開始，他已經被我灌醉了。」

燕七道：「你還記不記得爲什麼要灌他酒？」

郭大路道：「當然記得，我本來是想要叫他說實話的。」

燕七道：「他說了嗎？」

醒？」

郭大路道：「說了。」

燕七道：「說了？說了什麼？」

郭大路道：「他說，他若對我們有惡意，就不會喝醉，醉得像死豬一樣。」

燕七上上下下的看著他，搖著頭道：「有時我真看不透你，究竟是喝醉了？還是很清

郭大路嘻嘻的笑，看著王動。

王動道：「你看我幹什麼？」

郭大路笑道：「我在等著你說話，現在豈非已輪到你說話的時候了。」

王動道：「你要我說什麼？」

郭大路道：「說我清醒的時候也醉，醉的時候反而清醒。」

王動也忍不住笑了，這的確是他說話的口氣。

郭大路道：「我答對了麼？」

王動笑道：「答對了。」

後院那排屋子裡，也擺了兩張床。

這兩張床好像就是為喝醉了的客人準備的。

何雅風就像是個死人般被抬到這張床上。

郭大路笑道：「他今天來，還是算來對了時候，若是前兩天來，就只好睡地板。」

王動道：「為什麼？」

王動道：「我只望他這一覺能睡到明天天亮。」

郭大路道：「為什麼？」

王動道：「免得我們去當東西。」

郭大路道：「為什麼要當東西？」

王動道：「請客人吃晚飯。」

郭大路笑道：「也許我們用不著當東西，只等著貓兒搖鈴就行了。」

燕七道：「你認為晚飯還會有人送來？」

郭大路道：「嗯。」

燕七忍不住笑道：「你簡直好像已經吃定他了。」

郭大路大笑道：「一點也不錯，我已經準備吃他一輩子，要他養我的老。」

他聲音說得特別高，好像故意要讓那人聽到。

那人是不是一直躲在暗中偷看著他們？

那人是不是何雅風？是不是喝醉了？

醉得快的人，往往醒得也快。

還沒到黃昏，那兩個孩子忽然從後院跑到前面來，恭恭敬敬的站在他們面前，恭恭敬敬的

送上了份請帖。

釣詩道：「我們家公子說今晨叨擾了各位，晚上就該他回請，務必請各位賞光。」

郭大路看了王動一眼，擠了擠眼睛。

王動喃喃道：「看來用不著等貓搖鈴了。」

釣詩沒聽見他在說什麼，就算聽見，也聽不懂，忍不住問道：「王大爺在說什麼？」

郭大路不等王動開口，已搶著道：「他說我們一定賞光。」

燕七嘆了口氣，搖搖頭，道：「這人的臉皮倒真不薄。」

釣詩忽然眨眨眼，又問：「這位大爺在說什麼？」

郭大路又搶著道：「他說我們馬上就去。」

十二　郭大路的拳頭

一

釣詩笑道：「既然如此，我們就得回去準備了。」

郭大路道：「快去，愈快愈好。」

釣詩恭恭敬敬的行了個禮，忽然也向掃俗擠了擠眼睛，悄悄道：「拿來。」

掃俗瞪了他一眼，哼道：「你急什麼，算你贏了就是。」

這次郭大路忍不住問道：「你說什麼？」

釣詩搶著道：「他什麼也沒有說。」

他拉著掃俗就想溜，掃俗看來卻比較老實，而且好像很著急，紅著臉道：「我跟他打賭，輸給他一吊錢，他逼著問我要。」

郭大路道：「怎麼輸的？」

掃俗道：「我生怕各位不肯賞光，他卻說……」

他眼睛瞟著郭大路，忽然搖搖頭，道：「他說的話，我不敢說。」

郭大路道：「你只管放心說，絕對沒有人怪你。」

掃俗眼珠子直轉，道：「若是有人怪我呢？」

郭大路道：「那也沒關係，我保護你。」

掃俗這才笑道：「他說，就算別人不好意思，大爺你也一定會去的；因為這些人裡面，就數大爺你的臉皮最厚。」

他話剛說完，已拉著釣詩溜之大吉。過了很久，還可以聽到他們在吃吃的笑。

郭大路又好氣，又好笑，喃喃道：「原來這小鬼也不老實，居然會繞著圈子罵人。」

燕七忍不住笑道：「其實他這也不能算罵人，只不過在說實話而已。」

王動道：「其實他也不能算是臉皮厚，只不過是人窮志短……」

燕七接著道：「而且是餓死鬼投胎。」

郭大路也不生氣，悠然道：「好，我又窮，又餓，又厚臉皮，你們都是君子。」

他忽然冷笑了兩聲，道：「但若不是我這個厚臉皮，你們這些偽君子，今天晚上就要上當、出洋相。」

燕七道：「人家到底是客人，你怎麼好意思去吃人家的？」

郭大路冷冷道：「他到底還是個人，吃他至少總比吃貓的好……一個人若連貓送來的東西都吃得不亦樂乎，還有什麼臉擺架子？」

王動道：「誰擺架子？我只不過想要他把酒菜送到這裡來而已。」

二

菜不多，酒倒真不少。

菜雖然不多，卻很精緻，擺在一格格的食盒裡，連顏色都配得很好，就是看看都令人覺得很舒服。

何雅風道：「這些菜雖是昨夜就已做好了的，但小弟終年在外走動，對保存食物的法子，倒可算是略有心得，可以保證絕不致變味，只不過以路菜敬客，實嫌太簡慢了些。」

郭大路忽然笑道：「你昨天晚上就準備了這麼多菜，難道算準了今天晚上要請客？」

釣詩正在斟酒，搶著道：「我們家公子最好客，一路上無論遇著什麼人，都會拉著他喝兩杯，所以無論到哪裡，酒菜都準備得很充足。」

郭大路向他擠了擠眼睛，悄悄笑道：「這麼樣看來，臉皮厚的人並不是只有我一個。」

何雅風道：「郭兄在說什麼？」

郭大路道：「我在說他⋯⋯」

釣詩忽然大聲咳嗽。

郭大路笑道：「他酒倒得太慢了，我簡直已有些迫不及待。」

他第一個舉起酒杯，嗅了嗅，大笑道：「好酒，我借花獻佛，先敬主人一杯。」

他剛想喝，何雅風已按住了他的手，笑道：「郭兄先等一等，這第一杯水酒，應該我敬四位，四位一齊⋯⋯」

忽然間，一條黑狗、一隻黑貓，同時從外面竄了進來，竄上了桌子；剛斟滿的幾杯酒就一齊被撞翻。

何雅風臉色變了變，突然出手。

他一雙手看來又白淨、又秀氣，就好像一輩子沒有碰過髒東西，連酒瓶子倒了，都不會去扶一扶。

這隻貓和這條狗卻好像剛從泥裡打過滾出來的。

可是他一出手，就抓住了牠們的脖子，一隻手一個，將牠們拎了起來，正準備往外面甩。

他剛往外甩，忽然又有兩雙手伸過來，輕輕的接了過去。

郭大路接住了那條黑貓，燕七接住了黑狗。

郭大路撫著貓脖子笑道：「你來幹什麼？莫非要和何公子搶著做主人麼？」

燕七拍著狗頭笑道：「你來幹什麼？莫非也和郭先生一樣，急著要喝酒？」

何雅風鎖著眉，勉強笑道：「這麼髒的小畜牲，兩位為何還抱在身上？」

郭大路道：「我喜歡貓，尤其是好請客的貓。」

燕七笑道：「我喜歡狗，尤其是好喝酒的狗。」

酒倒翻在桌子上的時候，這條狗的確伸出舌頭來舔了舔。

王動忽然道：「只可惜這不是金毛獅子狗。」

林太平挾起塊油雞，又放下，道：「只可惜這不是烤鴨。」

何雅風聲色不動，微笑道：「四位說的話，小弟爲何總是聽不懂？」

郭大路笑道：「也許我們都在說醉話。」

燕七抱著的狗突然慘吠了一聲，從他懷中跳起來，「砰」的，落在桌子上，就像是忽然被人割斷了脖子，連叫都叫不出了。

本來鮮蹦活跳的一條狗，突然就變成了條死狗。

燕七看看死狗，又抬起頭看看郭大路，道：「你瞧見了麼，這就是急著要喝酒的榜樣。」

郭大路也在看著死狗，又抬起頭看看何雅風，道：「我們都不是廣東人，閣下爲何要請我們吃狗肉？」

王動看看何雅風，臉上一點表情也沒有，淡淡道：「聽說黑狗的肉最滋補。」

林太平冷笑道：「也許這並不是黑狗，只不過穿了身黑衣服。」

何雅風居然還是聲色不動，慢慢的站起來，拍了拍身上的酒漬道：「各位少坐，在下去換套衣服，去去就來。」

郭大路看著王動，道：「他說他去去就來。」

王動道：「我聽見了。」

郭大路道：「你相信？」

王動道：「相信。」

郭大路道：「爲什麼？」

王動道：「因為他根本不到別地方去，他就在這簾子後換衣服。」

何雅風靜靜的看著他們，再也不說別的話，看了很久，緩緩轉身，提起了後面椅上的箱子，走入簾後。

簾子是錦緞做的，就掛在這小客廳中間。

別的人瞪著簾子，郭大路卻看著釣詩。

釣詩的小臉也已發白。

郭大路忽又向他擠了擠眼睛，笑道：「你們為什麼不去換衣服？」

釣詩囁嚅著道：「我……我沒有帶衣服來。」

郭大路笑道：「這裡沒有衣服換，難道不會回家去換？」

釣詩立刻喜動顏色，拉起掃俗的手，拔腿就跑。

燕七笑了笑，道：「看來這人的臉皮雖厚，心倒不黑。」

他看著郭大路時，目中充滿了溫柔之意，但等他回過頭時，目光立刻變得冰冷，臉色也立刻變得冰冷。

何雅風已從簾子後走了出來。

他果然換了身衣服。

一身黑衣服。

黑衣服、黑靴、臉上蒙著黑巾，連身後揹著的一柄劍，劍鞘都是烏黑色的。

一柄四尺七寸長的劍。

林太平變色道：「原來是你，你沒有死。」

黑衣人冷冷道：「只因你還不懂得殺人，也不會殺人。」

林太平臉上陣青陣紅。

他的確還不會殺人，殺了人後就已心慌意亂，也不去看看那人是否真的死了。

黑衣人道：「你若會殺人，就算我真的死了，你也該在我身上多戳幾刀。」

林太平咬著牙道：「我已學會了。」

黑衣人道：「學不會的，不會殺人的人，永遠都學不會的。殺人也得要有天份。」

燕七忽然道：「這麼樣說來，閣下莫非很有殺人的天份？」

黑衣人道：「還過得去。」

燕七笑了笑，淡淡道：「閣下若真有殺人的天份，我們現在就已經全都死了。」

黑衣人沉思了半晌，道：「你們還活著，真該謝謝那條狗。」

燕七看著郭大路，道：「我發現了一樣事。」

郭大路道：「什麼事？」

燕七道：「他至少很有殺狗的天份，因為他至少殺了條狗。」

郭大路眨眨眼，道：「我也發現了一件事。」

燕七道：「什麼事？」

郭大路道：「他不是南宮醜。」

燕七道：「為什麼？」

郭大路道：「因為他不醜。」

王動忽然道：「名字叫南宮醜，人並不一定就會很醜。」

郭大路笑道：「不錯，就好像名字叫王動的人，並不一定喜歡動。」

王動道：「答對了。」

郭大路道：「但他臉上也沒有刀疤。」

江湖中很多人都知道，南宮醜雖僥倖自瘋狂十字劍下逃了性命，臉上卻還是被劃了個大十字，所以從不願以真面目見人。

王動道：「誰看過南宮醜臉上有刀疤？」

郭大路道：「至少我沒有看見過。」

王動道：「他既然從不以真面目見人，誰能看到他的臉？」

郭大路笑道：「不錯，也許他刀疤在屁股上。」

黑衣人一直在冷冷的看著他們，此刻忽然道：「你們只說對了一樣事。」

郭大路道：「哪樣？」

黑衣人道：「我不殺人，只殺狗。」

郭大路笑道：「原來你也很坦白。」

黑衣人道：「我剛才殺了一條，你是第二條。」

夜很靜，正是個標準的「月黑風高殺人夜」。

除了他們外，這山上活人本就不多——今天晚上也許又要少一個。

也許少四個。

院子有樹，風在吹，樹在動。

黑衣人卻沒有動。

他靜靜的站在那裡，彷彿已經和這殺人之夜溶為一體。

無論誰都不能不承認，他的確是個「殺人」的人。

他身上的確像是帶著種種殺氣。

劍還未出鞘，殺氣卻已出鞘。

郭大路還在屋裡慢慢的脫衣服。

黑衣人就在外面等著，彷彿一點也不著急。

郭大路忽然笑道：「這人倒很有耐心。」

王動道：「要殺人，就要有耐心。」

郭大路道：「耐心殺不了人。」

王動道：「你故意想要他著急，他不急，你就急了，你一急，他就有機會殺你。」

郭大路笑了笑，道：「所以我也不急。」

燕七一直在看著他，忽然道：「你非但不必急，也不必一個人出去。」

郭大路道：「我雖然是厚臉皮，卻不是膽小鬼。」

燕七道：「對付這種人，我們本不必講什麼江湖道義。」

郭大路道：「你想四個打一個？」

燕七道：「為什麼不行？」

郭大路嘆了口氣，道：「我倒也很想那樣做，只可惜我是個男人。」

燕七垂下頭，道：「可是你⋯⋯你有沒有把握對付他？」

郭大路道：「沒有。」

燕七道：「那麼你⋯⋯」

郭大路打斷了他的話，笑道：「有把握要去，沒有把握也要去，就等於有錢要喝酒，沒有錢也要喝酒。」

王動笑笑道：「這比喻雖然狗屁不通，卻說明了一件事。」

燕七道：「什麼事？」

王動道：「有些事本就是非做不可的。」

林太平忽然道：「好，你去，他若殺了你，我替你報仇。」

郭大路笑了，拍了拍他的肩，笑道：「你雖然是個混蛋，但至少很夠義氣。」

燕七忽又拉住他的手，悄悄道：「站得離他遠些，他的劍並不長。」

郭大路笑道：「你放心，我不會上當的。」

他走了出去。

燕七嘆了口氣，道：「我真不懂，有些人為什麼總是硬要充英雄。」

王動淡淡道：「也許他本來就是英雄——有些人天生就是英雄。」

林太平嘆道：「不錯，無論他是酒鬼也好，是混蛋也好，但卻的的確確是個英雄，不折不扣的大英雄。」

燕七嘆息著喃喃道：「可惜英雄大多都死得早。」

郭大路也站在院子裡，果然站得離黑衣人很遠。

黑衣人道：「你的劍呢？」

郭大路笑笑，道：「我的劍已送進當舖了。」

黑衣人冷笑道：「你敢以空手對我？是不是還怕死得不夠快？」

郭大路又笑笑，道：「既然要死，就不如死得快些，也免得活著窮受罪，受窮罪。」

黑衣人道：「好，我成全你。」

說到「好」字，他已反手拔劍。

他的手剛觸及劍柄，郭大路已衝了過去。

燕七的心幾乎跳出了腔子。

郭大路難道真的想快點死？明知對方用的是短劍，爲什麼還要送上門去？

劍光一閃，劍已出鞘。

不是短劍，是長劍。

劍光如漫天長虹，亮得令人眼花。

只可惜郭大路已衝入他懷裡，已看不到這柄劍，看不到這劍光。

他的眼睛也沒有花。

他雖然沒有看到黑衣人的劍，卻看到了黑衣人的弱點。

他看得很清楚。

「砰」的，黑衣人身子飛出。

他身子向後飛出，劍光卻向前飛出，身子撞上後面的牆，長劍釘入了前面的樹。

他一倒下去就不再動。

郭大路站在那裡，看著自己的拳頭，彷彿覺得很驚訝、很奇怪。

他自己彷彿也沒有想到自己一拳就能將對方打倒。

別人也沒有想到。

燕七更沒有想到，他怔了半天，才衝出去，又驚奇，又歡喜，又帶著幾分惶恐，笑著道：

「我叫你離他遠些，你為什麼偏偏要衝過去？」

郭大路笑了，道：「也許因為我是個傻子。」

他的笑看來真有點傻兮兮的。

可是他當然一點也不傻——你認為他傻的時候，他卻偏偏會變得很聰明，而且比大多數人都聰明得多。

燕七笑道：「誰說你傻了，只不過，我實在不懂，你怎麼看出他這次用的不是短劍？」

郭大路笑笑道：「我根本沒有看出來，我是猜出來的。」

燕七怔了怔，道：「若是猜錯了呢？」

郭大路道：「我不會猜錯。」

燕七道：「為什麼？」

郭大路笑嘻嘻道：「因為我的運氣好。」

燕七怔了半晌，忽也笑了，大笑道：「你雖然不傻，但卻也不老實，一點都不老實。」

郭大路的確不老實。

因為他會裝傻。

他當然已看出黑衣人這次用的不是短劍。

因為這次黑衣人的劍柄在左肩，卻用右手去拔劍，拔劍的時候，胸腹向後收縮，力量全都放在前面。

所以他胸膛和小腹之間就有了弱點。

郭大路看出了這弱點。

他一拳就打在這弱點上。

只要能看得準，能判斷正確，一拳就夠了，用不著第二拳。

高手相爭，最有效的就是這第一拳。

這一拳，你若不能打倒別人，自己也許就會被人打倒。

勝與負的分別，往往只不過在一線之間——也往往只不過在一念之間。

燕七忽又道：「我還有件事不懂。」

郭大路道：「哦？」

燕七道：「他的手比劍短得多，為什麼一伸手就能將劍拔出來？」

郭大路想了想，笑道：「我也不懂。」

王動道：「我懂。」

他走過來，手裡拿著的就是黑衣人的劍鞘。

燕七接過劍鞘，看了看，笑道：「我也懂了。」

無論誰只要看過這劍鞘，都會懂的。

劍鞘裡本有兩柄劍，一柄長，一柄短。這點燕七也已想到。

他卻未想到這劍鞘根本不是真正的劍鞘，只不過是個夾子。

劍並不是從上面「拔」出來的，而是從旁邊「揮」出來的。

燕七笑道：「這就好像雞蛋一樣。」

郭大路怔了怔，道：「像雞蛋？」

燕七道：「你知不知道要用什麼法子才能把雞蛋站在桌子上？」

郭大路道：「不知道。」

燕七笑道：「呆子，你只要把雞蛋大的那一頭敲破，這雞蛋豈非就能站住了。」

郭大路笑道：「你真是個天才，這法子真虧你怎麼想得到的。」

世上有些事的確就像雞蛋一樣。

你認為很複雜的事，其實卻往往很簡單。

有些人也和雞蛋一樣。

無論多沒用的人，你只要打破他的頭，他就能自己站起來了。

三

院子裡多了個墳。

狗墳。

燕七親手將那黑狗裝入棺材，黯然嘆息著道：「你從棺材裡來，現在又往棺材裡去了，早

知如此，你又何必來。」

郭大路苦笑道：「牠來的時候，我們就要往棺材裡去了。」

林太平嘆道：「牠來的時候，我還踢了牠一腳，誰知道牠卻救了我們的命。」

王動道：「狗不像人，狗不記仇，只記得住別人的恩惠。」

郭大路道：「不錯，你只要給狗吃過一塊骨頭，牠下次見了你，一定會搖尾巴；但有些忘

恩負義的人，你無論給過他多少好處，他回過頭來反而會咬你一口，所以……」

林太平接著道：「所以狗比人還講義氣，至少比某些人講義氣。」

郭大路道：「所以我們應該替牠立個碑。」

林太平道：「碑上寫什麼呢？」

郭大路道：「義犬之墓。」

燕七搖搖頭，道：「義犬兩個字還不夠，你莫忘記，牠也是我們的救命恩人……」

王動道：「碑不妨後立，祭文卻不可不先讀。」

郭大路道：「你會作祭文？」

王動點點頭，忽然站起來，朗聲道：「棺中一狗，恩朋義友，你若不來，我們已走，初

一十五，香花奠酒，嗚呼哀哉……尚饗。」

豬不能太肥，人不能太聰明。

肥豬總是先挨宰，人若要活得愉快些，也得帶幾分傻氣，做幾件傻事。

那並不表示他們就是傻子。

他們當然知道貓自己不會做飯，狗也不會自己將自己裝進棺材裡。

這隻貓和這條狗一定有個主人。

燕七道：「這人將棺材送來的時候，一定已知道南宮醜並沒有死。」

郭大路道：「不錯，他送這口棺材來，就是要告訴我們南宮醜沒有死。」

燕七點點頭道：「他早已知道了南宮醜的陰謀。」

郭大路道：「可是他為什麼不對我們說明白呢？」

燕七道：「因為他還不想跟我們見面。」

林太平道：「為什麼？他既然沒有惡意，做事為什麼要這樣鬼鬼祟祟的？」

郭大路道：「我看這人一定是個女人。」

燕七道：「怎見得？」

郭大路道：「只有女人才會做這些鬼鬼祟祟、莫名其妙的事。」

燕七板著臉道：「女人就算做這種事，那也只因為男人更莫名其妙。」

郭大路笑道：「莫忘記你也是男人。」

燕七道：「莫忘記你也是女人生出來的。」

王動看著燕七，忽然道：「男人天生就看不起女人，女人也天生就看不起男人，這本是天經地義的事，幾千百年前如此，幾千百年後一定還是這樣，所以……」

燕七道：「所以怎麼樣？」

王動道：「所以這種事本沒有什麼好爭辯的，我不懂你們為什麼總是對這問題特別有興趣。」

他嘆了口氣，接著道：「我們的問題本來已夠多了，現在又多了一個。」

郭大路道：「多了個什麼問題？」

王動道：「南宮醜。」

南宮醜並沒有死，因為沒有人願意殺他。

他們誰都不願意殺人，尤其不願殺一個已被打倒的人。南宮醜至少有件事沒有說錯：「有些人天生就不會殺人，而且永遠都學不會的。」

郭大路道：「不錯，他的確是個問題。」

林太平道：「他不是已經被我們關起來了嗎？」

郭大路道：「是的。」

林太平道：「你怕他會逃走？」

郭大路道：「他逃不了。」

一個人若已被綁得像隻粽子，誰都休想能逃得了。

林太平道：「既然逃不了，還有什麼問題？」

郭大路道：「問題就在這裡，他既然逃不了，我們就得看著他，是不是？」

林太平點點頭。

郭大路苦笑道：「我們連自己都快養不活了，怎麼養得起別人？」

林太平終於明白了，皺著眉道：「我們不如放了他吧。」

郭大路道：「這種人也放不得。」

林太平道：「那麼我們難道要養他一輩子？」

郭大路道：「所以這才是問題。」

燕七忽然道：「我們可以要他自己養自己。」

郭大路眼睛立刻就亮了起來，道：「不錯，他比我們有錢得多。」

燕七道：「至少他剛從鳳棲梧身上撈了一票。」

郭大路站了起來，道：「我這就去問他，將那些珠寶藏在什麼地方了？」

燕七道：「你問得出？」

郭大路笑道：「我雖不是夾棍，但也有我的法子。」

燕七失笑道：「看來這個人已從夾棍那裡學會了幾套。」

十三 男人和貓

一

後園有間柴房。

柴房好像並不是堆柴的，而是關人的，無論哪家人抓住了強盜，一定都會將他關在柴房裡。

這柴房裡有蜘蛛，有老鼠，有狗屎貓尿，有破鍋破碗，有用剩下的煤屑……幾乎什麼都有，就是沒有柴，連一根柴都沒有。

也沒有人。

被綁得跟粽子一樣的南宮醜，也不見了。

地上只剩下一堆繩子。

郭大路發了半天怔，拾起根繩子看了看道：「這是被刀割斷的。」

燕七道：「而且是把快刀。」

只有快刀割斷的繩子，切口才會如此整齊。

林太平皺眉道：「這麼樣說來，他並不是自己逃走的，一定有人來救他。」

郭大路笑道：「我實在想不到連這種人也會有朋友。」

燕七道：「會不會是那兩個小鬼？」

郭大路道：「不會，他們既沒有這麼大本事，也沒有這麼大膽子，而且……」

他忽又笑笑，道：「小孩子有點地方，就跟女人一樣。」

燕七道：「哪點？」

郭大路道：「小孩子都不會很講義氣……他們根本不懂。」

燕七瞪了他一眼，林太平已搶著道：「會不會是金毛獅子狗？」

郭大路道：「你怎麼想起他的？」

林太平道：「我那天並沒有看到金毛獅子狗，也許南宮醜已將他放了，也許他們根本就是串通好了的。」

郭大路搖搖頭，道：「南宮醜這種人就算什麼事都做得出，但至少有一件事是絕不會做的。」

林太平道：「哪件事？」

郭大路道：「他絕不會留著別人跟他分贓。」

他笑了笑，又解釋著道：「桌上若有三碗飯，他就算吃不下，也不會留下一碗來分給別人，他就算脹死也全都要吃下去。」

林太平道：「你認為棍子和金毛獅子狗都已被他殺了？」

郭大路點點頭，道：「我餓了。」

這句話和他們現在談論著的事完全沒有關係，連一點關係都沒有。

你簡直無法想像一個人會在這種時候忽然說出這句話來。

林太平看著他，眼睛張得很大。王動和燕七也在看著他，好像都想研究這個人，構造是不是和別人不同？

郭大路笑笑，又道：「我說到三碗飯的時候，就已發覺餓了；說到吃的時候，就已想到我們至少已有大半天沒吃東西。」

王動道：「你說到什麼的時候，就會想到什麼？」

郭大路道：「好像是的。」

王動道：「你說到狗屎的時候，難道就會想到……」

他的話還沒有說完，郭大路忽然轉身跑了出去。

往廁所那邊跑了過去。

王動看著，看得眼睛發直，好像已看呆了。

燕七長長嘆了口氣，又忍不住笑道：「這人實在是個天才。」

林太平笑道：「這樣的天才，世上也許還不多。」

燕七道：「非但不多，恐怕只有這麼樣一個。」

王動終於也嘆了口氣，道：「幸好只有一個。」

這也是結論。

像郭大路這種人若是多有幾個，這世界也許就會變得更快樂。

二

動物中和人最親近的，也許就是貓和狗。有些人喜歡養狗，有些人認為養貓和養狗並沒有什麼分別。

其實牠們很有分別。

貓不像狗一樣，不喜歡出去蹓躂，不喜歡在外面亂跑。

貓喜歡耽在家裡，最多是耽在火爐旁。

貓喜歡吃魚，尤其喜歡吃魚頭。

貓也喜歡躺在人的懷裡，喜歡人輕輕摸牠的脖子和耳朵。

你每天若是按時餵牠，常常將牠抱在懷裡，輕輕的撫摸牠，牠一定就會很喜歡你，作你的好朋友。

但你千萬莫要以為牠只喜歡你一個人，只屬於你一個人。

貓絕不像狗那麼忠實，你盤子裡若沒有魚的時候，牠往往就會溜到別人家裡去，而且很快就會變成那個人的朋友。

你下次見著牠的時候，牠也許已不認得你，已將你忘了。

貓看來當然沒有狗那麼凶，卻比狗殘忍得多，牠捉住隻老鼠的時候，就算肚子很餓，也絕不會將這老鼠一口吞下去。

牠一定要先將這老鼠要得暈頭轉向，才慢慢享受。

貓的「手腳」很軟，走起路來一點聲音也沒有，但你若惹了牠，牠那軟軟的「手」裡就會突然露出尖銳的爪子來，抓得你頭破血流。

貓若不像狗，像什麼呢？

你有沒有看過女人？有沒有看過女人吃魚？有沒有看過女人躺在丈夫和情人懷裡的時候？

你知不知道有很多男人的臉上是被誰抓破的？

你不知道有些男人為什麼會自殺？會發瘋？

那麼我問你：貓像什麼？

你若說貓像女人，你就錯了。

其實，貓並不像女人，只不過有很多女人的確很像貓。

三

這隻貓是黑的，油光水滑，黑得發亮。

郭大路正在仔細研究著這隻貓。

一個餓得發昏的人，是絕沒有興趣研究貓的。一個餓得發昏的人，根本就沒有興趣研究任

何東西。

郭大路當然已吃飽了。就像昨天早上一樣，飯菜又擺在桌子上的時候，他們就聽見這隻貓

在搖鈴。

郭大路忽然道：「這隻貓吃得很飽。而且一直都吃得很飽，常常挨餓的貓，絕不會長得像

這個樣子。」

燕七笑了，問道：「你研究了半天，就在研究這件事？」

郭大路理也不理他，又道：「假如說這些傢具，這些酒菜，和那口棺材都是個叫好好先生

的人送來的，那麼這隻貓一定也是他養的，所以⋯⋯」

燕七道：「所以怎麼樣？」

郭大路道：「所以那好好先生家裡一定很舒服、很闊氣，否則這隻貓就絕不會被養得這麼

肥、這麼壯。」

燕七眨眨眼，道：「那又怎麼樣？」

郭大路道：「我若是貓，有個這麼闊氣的主人，就絕對不肯跟別人走的。」

燕七道：「所以⋯⋯」

郭大路道：「所以我們若將這隻貓放了，牠一定很快就會回到主人那裡去。」

燕七眼睛亮了，道：「那麼你還抱著牠幹什麼？」

郭大路拍了拍貓的脖子，笑道：「貓兄貓兄，你若能帶我們找到你的主人，我一定天天請你吃魚頭。」

他放開手，把貓送出門。

誰知這隻貓「咪嗚」一聲，又跳到他身上來了，而且伸出舌頭輕輕舐他的手。

燕七笑道：「看來這條貓一定是母的，而且已經看上了你。」

郭大路拎起貓的脖子，放下。

貓還是圍著他打轉。

郭大路皺眉道：「你爲什麼還不走？難道不想你的主人？他對你一向不錯呀。」

王動忽然笑了笑，道：「貓的記性雖然不好，腦筋卻很清楚。」

郭大路道：「腦筋清楚？」

王動道：「牠既然知道這裡有魚吃，爲什麼還要跑到別的地方去？」

郭大路道：「但我又不是牠的主人，牠爲什麼要纏住我？」

王動道：「你剛才餵牠吃過一條魚，是不是？」

郭大路點點頭。

王動道：「誰餵牠吃魚，誰就是牠的主人。」

郭大路嘆了口氣，喃喃地道：「看來這的確是條母貓。」

林太平忽然道：「這裡若沒有魚吃呢？」

王動道：「那麼牠也許就會回去了。」

林太平笑道：「我只希望這條貓也認得路的。」

貓的確認得路。

牠若在外面找不到東西吃，無論牠在哪裡，都一定很快就能找得到路回家。

下午。

從早上到下午，都沒有東西吃，無論是人是貓，都會餓得受不了的。

現在郭大路就算還想抱著這條貓，貓也不肯讓他抱了。

牠一縷煙竄了出去。

郭大路在後面跟著。

燕七跟著郭大路，林太平跟著燕七。

王動道：「你們最好不要跟得太近。」

林太平道：「你呢？」

王動沒有說話，只嘆了口氣，彷彿覺得林太平這句話問得很愚蠢。

他躺了下去。

山坡的左面是一大片荒墳，就算在清明時節，這裡也很少有人來掃墓的；埋葬在這裡的人，活著時就並不受人注意，死了後更是很快就被人遺忘。

窮人的親戚朋友本不多，何況是個死了的窮人。

郭大路時常覺得很感慨，每次到這裡來都會覺得有很多感慨。

但現在卻沒有時間來讓他感慨。

那條貓跑得很快。

牠很快的竄入墳場，又竄出去，遠遠看來，就像是一股黑煙。

無論誰要追上一條貓，都不是件很容易的事，你除了專心去追牠之外，根本就沒工夫去想別的事。

追女人的時候也一樣。

也許就因為沒工夫去想，所以才會去追。

若是仔細想想，也許就會立刻回頭了。

墳場旁邊，有片樹林。

樹林裡有間小木屋。

這是棗林，木屋就是用棗木板搭成的，郭大路以前也曾到這棗林裡來逛過，卻沒有看到這小木屋。

木屋好像是這兩天才搭成的。

貓竄入樹林，忽然不見了。卻有一陣陣香氣從木屋裡傳出來。

是紅燒肉的味道。

郭大路聳了聳鼻子，臉上露出微笑。

木屋裡升著火，火上燉著肉。

一個老頭子蹲在地上搧火，一個老太婆正在往鍋裡倒醬。

還有個頭髮長長的女人，一直蹲在旁邊不停的催他們。

這隻貓竄進屋子，就竄入她懷裡。

她顯然就是這隻貓的主人。

郭大路終於找到了他要找的人。他追到門口的時候，她剛好回過頭。

兩個人目光相遇，都吃了一驚。

然後郭大路就叫了起來：「酸梅湯，原來是你？」

四

紅燒肉燉爛，切得四四方方的，每塊至少有四兩。

郭大路恰好能一口吃一塊。

貓伏在酸梅湯腳下，懶洋洋的；這是條很隨和的貓，並不一定要吃魚，並不反對紅燒肉。

無論是人是貓，肚子餓的時候，都不會反對紅燒肉的。

吃下七八塊肉，郭大路才嘆了口氣，道：「我簡直連做夢也沒有想到會是你。」

酸梅湯抿著嘴笑了。

郭大路道：「你做事總是這麼樣神秘兮兮的麼？」

酸梅湯垂下頭，笑道：「我本來是想自己送去的，可是我怕你們不肯收。」

燕七冷冷道：「你根本不必送這些東西來的。」

酸梅湯道：「你們幫了我很多忙，我總不能不表示一點心意。」

郭大路道：「但這些東西還是不能收。」

酸梅湯道：「爲什麼？」

郭大路道：「因爲你是女人。」

酸梅湯道：「女人也是人。」

郭大路瞟了燕七一眼，笑道：「她說話的口氣倒跟你差不多。」

燕七板著臉，道：「男人送這麼多東西來，我們也一樣不能收。」

郭大路接著道：「何況，我們已吃了你好幾頓，已經不太好意思了。」

酸梅湯眨眨眼，道：「那麼，就算我把這些東西存在你們這裡好了。」

王動道：「那就要租金。」

酸梅湯道：「我付。」

王動道：「還要保管費。」

酸梅湯道：「我也付。」

王動道：「每天十兩銀子。」

酸梅湯道：「好。」

王動道：「要先付，不能欠賬。」

酸梅湯笑道：「我先付十天行不行？」

她真的拿出了一百兩銀子。

王動沒有動，只是盯著這一大錠銀子看，好像看得出了神。

郭大路他們卻在盯著王動。

他們忽然開始覺得王動這人很莫名其妙，很豈有此理。

別人好心好意的送酒給他喝，送飯給他吃，送椅子給他坐，送床給他睡，還把他的破屋子修飾一新。

他卻要收人家的租金，而且還要先付。

「這人他媽的簡直是個活混蛋。」

郭大路瞪著他，幾乎已忍不住要罵了出來。

王動的眼睛已經從銀子上移開，瞪著酸梅湯，忽然道：「你有病。」

酸梅湯怔了怔，道：「有病？」

王動道：「不但有病，而且病很重。」

酸梅湯笑道：「我吃又吃得下，睡又睡得著，怎麼會有病呢？」

王動道：「也許你這病就是吃多了脹出來的。」

他臉上毫無表情，又道：「你花錢買了這麼多東西，又費了很多事送到這裡來，卻還心甘情願的付我租金，一個人若是沒有病，怎麼會做這種事？」

郭大路笑了。

他也開始覺得酸梅湯的確有病，而且還的確病得很重。

酸梅湯眼珠子在打轉，道：「我若說這麼做只不過因為覺得欠了你們的情，你們信不信？」

王動看了看郭大路，道：「你信不信？」

郭大路道：「不信。」

王動道：「若連他都不信，只怕天下就沒有別的人會信了。」

酸梅湯嘆了口氣道：「所以我也沒有這麼樣說。」

郭大路道：「你準備怎麼樣說？」

酸梅湯眼珠子不停的轉，咬著嘴唇，道：「一個男人若是看上了一個女人，想要娶她，是不是就會做出很多莫名其妙的事來？」

王動道：「是。」

男人爲了一個他已愛上了的女人，簡直什麼事都做得出的。

酸梅湯道：「女人也一樣。」

王動道：「一樣？怎麼一樣？」

酸梅湯道：「一個女人，若是看上了一個男人，想要嫁給他，也一樣會做出很多莫名其妙的事來的。」

她的臉忽然紅了，垂著頭道：「我……我今年已經十八了。」

十八歲的女孩子，通常都會想到一件事。

嫁人。

十八歲的女孩子，有哪個不懷春？

這本是很正常的事。

郭大路又笑了，道：「你沒有病，男大當婚，女大當嫁，誰也不能說你有病。」

他挺了挺胸，又道：「卻不知你看上的人是誰？」

燕七瞪了他一眼，冷冷道：「當然是你。」

郭大路笑道：「那倒不一定。」

他嘴裡雖說「不一定」，臉上的表情卻已是十拿九穩了。

像他這樣的男人，就算打鑼都找不到的。

酸梅湯的確正在看著他，但卻搖了搖頭，抿著嘴笑道：「也許是你，也許不是你，我現在

還不能說。」

郭大路道：「爲什麼？」

酸梅湯道：「因爲現在還沒有到時候。」

郭大路道：「幾時才到時候？」

酸梅湯眼波流動，又低著頭，道：「我總要先看看他是不是真的很好，這是我的終身大事，我總不能不特別小心。」

郭大路道：「你現在還看不出？」

酸梅湯道：「我……我還想再等等，再看看。」

燕七冷冷道：「我看你還是快點看吧，有人已經急死了。」

郭大路笑道：「沒關係，你慢慢的看，好人總是好人，愈看愈好的。」

酸梅湯媽然道：「我看出來之後，一定第一個告訴你。」

燕七忽然站起來，扭頭走了出去。

郭大路道：「你爲什麼要走呢？大家一齊聊聊天不好嗎？」

燕七道：「有什麼好聊的？」

郭大路道：「你難道沒有話說？」

燕七道：「我只有一句話說。」

他頭也不回，冷冷的接著道：「現在的女孩子，臉皮的確愈來愈厚了。」

郭大路看著燕七走出去，才搖了搖頭，笑道：「這人的脾氣雖然有點怪，但卻是個好人，

酸姑娘，你千萬不能生他的氣。」

酸梅湯嫣然道：「我不姓酸，我姓梅。」

郭大路道：「梅花的梅？」

酸梅湯點點頭，道：「我叫梅汝男。」

郭大路笑道：「又是梅花，又是蘭花，簡直可以開花店了。」

酸梅湯笑道：「不是蘭花的蘭，是男人的男。」

郭大路道：「梅汝男，這名字倒有點怪。」

梅汝男道：「先父替我取這名字的意思，就是告訴我，你要像個男人，不能扭扭捏捏的，

想做什麼事就去做，想說什麼就說出來。」

王動忽然道：「令尊九泉之下有靈，一定會覺得很高興。」

梅汝男道：「為什麼？」

王動道：「因為你的確沒有辜負他的期望。」

梅汝男的臉紅了，道：「你……你認為我做事真的很像男人？」

王動道：「你是女人？」

梅汝男忍不住笑了。

郭大路也笑道：「你做事的確比很多男人還像男人，譬如說……」

他將聲音壓得很低很低，悄悄道：「我們那朋友燕七，有時就很像女人，不但有點娘娘腔，而且常常會無緣無故的發脾氣。」

梅汝男道：「你認為女人常會無緣無故的生氣？」

郭大路只笑，不說話。

梅汝男道：「女人也跟男人一樣，若是生氣，一定有緣故的，只不過男人不知道而已。」

她笑了笑，接著道：「其實男人並不如他們自己想得那麼聰明。」

郭大路想說話，卻又忍住。

他決心不跟她爭辯，要爭辯也等她說出她看上的是哪個人之後再爭辯。

那到時她就會告訴她，男人至少總比她想像中聰明得多。

到那時他就會告訴她，男人至少總比她想像中聰明得多。

到那時她一定就會相信了。

郭大路面上露出了笑容，好像已想像到那時候的旖旎風光，酸梅湯正躺在他的懷裡，告訴他「那個人」就是他。

「那時她就會知道究竟是誰聰明了。」

郭大路笑得幾乎連嘴都合不起來。

林太平也在笑。

他是不是也在想著同樣的事呢？

一個人若不會自我陶醉，也許就不能算是個真正的男人。

也許根本不能算是個人。

人之所以比畜牲強，也許就因為人會自我陶醉，畜牲不會。

梅汝男忽又道：「其實一個男人能有點娘娘腔也不錯。」

郭大路道：「爲什麼？」

梅汝男道：「那種人至少不會很野蠻、很粗魯，而且一定比較溫柔體貼。」

郭大路忽然站了起來，一扭一扭的走出去，忽又回頭，問王動道：「你看我是不是也有點

娘娘腔呢？」

王動道：「你是男人？」

郭大路大笑，道：「我本來以爲是的，現在連自己也有點弄不清了。」

五

月亮。月亮很亮。

圓圓的月亮掛在樹梢。

燕七一個人坐在樹下，癡癡的發著怔。

郭大路忽然也走過來，坐在他旁邊。

燕七皺了皺眉，瞪起了眼睛，道：「你來幹什麼？」

郭大路道：「來聊聊。」

燕七板著臉，道：「你跟我有什麼好聊的，你為什麼不去找那位梅姑娘？」

郭大路摸摸下巴，道：「你好像不太喜歡她。」

燕七道：「喜歡她的人已經夠多了，用不著我再去湊數。」

郭大路沒有說話。

燕七橫了他一眼，道：「今天下午，你們好像聊得很開心嘛。」

郭大路道：「嗯。」

燕七道：「既然聊得那麼開心，何必來找我？」

郭大路忽然笑了，道：「你在吃醋。」

燕七的臉好像紅了紅，道：「吃醋？我吃誰的醋？」

郭大路道：「你知道她喜歡的人一定是我，你卻很喜歡他，所以⋯⋯」

燕七不等他的話說完，站起來就要走。

郭大路拉住他的手，他用力甩開，郭大路又拉住，道：「我是來找你談正經事的。」

燕七皺著眉，道：「正經事？你嘴裡還說得出什麼正經事？」

郭大路道：「你好像說過，這附近有個姓梅的人家，有個大少爺叫『石人』梅汝甲。」

燕七道：「我說過。」

十四　南宮醜的秘密

郭大路道：「你想，梅汝男會不會是梅汝甲的妹妹呢？」

燕七道：「是不是都和我沒關係。」

郭大路道：「梅家是不是和鳳棲梧有仇？」

燕七道：「不清楚。」

郭大路道：「我想一定是的，所以，梅汝男才會用計除掉鳳棲梧，可是她和南宮醜是不是也有仇？南宮醜是不是她救走的？她將南宮醜救走，是不是為了那批珠寶？」

燕七道：「你為什麼不問她自己去？」

郭大路嘆了口氣，道：「她自己既然沒有說，我問也問不出的。」

燕七冷笑道：「我看你是不敢問。」

郭大路道：「不敢？」

燕七道：「你怕得罪她，怕她生氣，所以……」

他忽然閉上嘴，臉拉得更長。

郭大路回過頭，就看到梅汝男走過來。

她臉上帶著甜笑，眼睛又大又亮，笑道：「那些事你們本來就該問我的，我怎麼會生氣？」

燕七板著臉，冷冷道：「我們剛才說的話，你全聽見了？」

梅汝男低下頭，道：「我不是故意想來偷聽的，我是來告訴你們，晚飯已準備好了。」

燕七道：「來得倒真巧。」

他本已站了起來，現在又扭頭就走，梅汝男看著他走遠，才嘆了口氣苦笑道：「我又沒有得罪他，他為什麼一看見我就走？」

郭大路笑道：「也許因為他很喜歡你。」

梅汝男眨了眨眼，道：「喜歡我？為什麼反而躲著我呢？」

郭大路道：「也許就因為他已看出你喜歡的人不是他。」

梅汝男低著頭，過了很久，忽然笑了。

郭大路道：「你笑什麼？」

梅汝男抿著嘴笑道：「我笑你們男人，總是該問的話不問，該說的話不說。」

郭大路道：「我想問你的那些事，你……」

梅汝男打斷了他的話，拉起他的手，笑道：「走，我們吃飯去，那些事吃完飯我再告訴你。」

郭大路道：「現在為什麼不告訴我？」

梅汝男道：「我怕你聽了吃不下飯去。」

她拉著郭大路的手走進屋子，拉得很緊，坐下來後好像還捨不得放開。王動在盯著她的手，林太平也在盯著她的手，燕七想故意裝作看不見，卻還是忍不住偷偷瞟了幾眼。

郭大路心裡真是說不出的舒服，所以這頓飯吃得特別多。

他抹嘴的時候，梅汝男忽然道：「你們猜的都沒有錯，我是梅汝甲的妹妹，我們家的確跟鳳棲梧有仇，只可惜一直找不著他，所以才想出這法子。」

她笑了笑，接著道：「我們早已算準棍子和金毛獅子狗一定能將鳳棲梧從窩裡掏出來，他們是官差，找人自然比我們方便得多。」

說到這裡，她忽然嘆了口氣，才接著道：「直到這裡為止，你們都還沒有猜錯。」

郭大路道：「以後呢？」

梅汝男道：「以後的事，你們就全都猜錯了。」

郭大路怔了怔，道：「我們猜錯了哪些事？」

梅汝男道：「第一，那黑衣人並不是南宮醜。」

郭大路道：「不是南宮醜是誰？」

梅汝男咬著嘴唇，過了很久才下定決心，道：「是我哥哥。」

這句話說出來，大家都吃了一驚，郭大路簡直忍不住要叫了起來。

林太平也不禁失聲道：「你哥哥？他爲什麼要做那種事呢？」

梅汝男垂下頭，道：「江湖中人都以爲我們梅家是武林世家，一定是家財萬貫，因爲我們家的排場一向都很大，江湖上的朋友只要找到我們，我們從沒有讓他們失望過。」

她神情變得很悽涼，黯然道：「其實自從先父去世之後，我們家早已變得外強中乾，非但沒法子接濟別人，連自己的日子都過得很艱苦，所以……」

王動道：「所以你們不但想要鳳棲梧的命，還想要他的錢。」

梅汝男點點頭，道：「不錯，我們計劃本是雙管齊下，我到這裡來做案的時候，我哥哥早已找到棍子和金毛獅子狗，而且做了他們的保鏢。」

郭大路道：「像棍子和金毛獅子狗那麼精明的人，怎麼會隨隨便便相信他就是南宮醜？怎麼會隨隨便便就用他做保鏢呢？」

梅汝男道：「第一，因爲他們根本也沒有見過南宮醜，第二，因爲我哥哥身上帶著樣南宮醜的信物，第三，因爲他們根本想不到會有人冒充南宮醜。」

郭大路道：「第四，因爲你們的運氣不錯。但是你哥哥身上怎麼會有南宮醜的信物？」

梅汝男道：「因爲他是我哥哥的朋友。」

郭大路嘆了口氣，苦笑道：「看來你哥哥倒也是個天才，居然能交到這種朋友。」

梅汝男的臉紅了紅，道：「他本來就喜歡交朋友，而且喜歡幫人家的忙，江湖中得過他好處的人也不知有多少。就因爲他朋友太多、太慷慨，所以我們家才會一天比一天窮。」

郭大路笑道：「不錯，守財奴就永遠不會缺錢用，早知他是這麼樣的一個人，我那拳就該打得輕點的。」

梅汝男的臉沉了下來，緩緩道：「我還要告訴你兩件事。」

郭大路道：「你說。」

梅汝男道：「第一，我不喜歡別人在我面前侮辱我哥哥；第二，若非他用的兵器不順手，挨揍的不是他，是你。」

「石人」梅汝甲用的兵刃是石器，這點郭大路也聽說過。郭大路只好笑笑，道：「卻不知那真的南宮醜武功如何？」

梅汝男淡淡道：「你遇見的若真是南宮醜，現在也許就不會坐在這裡了。」

郭大路道：「不坐在這裡在哪裡？」

梅汝男道：「躺著，就算沒有躺在棺材裡，至少也躺在床上。」

郭大路大笑，只不過笑得多少已有點不自然了。

幸好梅汝男已接著道：「我們的計劃從頭到尾都進行得很順利，直到……」

她看了林太平一眼，林太平道：「直到我無意中看到了他。」

梅汝男嘆了口氣，道：「我真希望那天你們沒有到城裡去，沒有看到他。」

林太平道：「他生怕我們還要追查他的秘密，所以想來把我們殺了滅口。」

梅汝男悽然道：「他是我們梅家的獨生子，絕不能讓我們梅家幾百年的聲名毀在他手

上。」

王動嘆道：「所以他寧可承認自己是南宮醜，也不肯說出自己真實的身分來；他寧可死，也不能丟人，是麼？」

梅汝男點點頭，眼圈兒紅了。

王動忽然長嘆了口氣，道：「做一個武林世家的獨生子，的確有很多不足爲外人道的痛苦。」

郭大路道：「世上也許只有一種人比他更痛苦。」

王動道：「哪種人？」

郭大路道：「他的妹妹。」

梅汝男瞪了他一眼，似笑非笑，似怨非怨，看來真是說不出的動人。

林太平癡癡的看著她，忽然道：「那口棺材是你送來的？」

梅汝男道：「嗯。」

林太平道：「你爲的是什麼？」

梅汝男道：「我知道你殺了人之後，心裡一定很難受，送那口空棺材來，爲的就是告訴你，你殺的人並沒有死。」

林太平的樣子更癡了，喃喃道：「無論如何，我總該謝謝你。」

郭大路看了看他，又看了看梅汝男，也嘆了口氣，道：「你真該謝謝他，他對你真不

錯。」

燕七一直沒有開口，忽然冷冷道：「但棺材上還是寫著南宮醜的名字。」

梅汝男道：「無論如何，我總不能出賣我哥哥。」

她眼圈兒更紅了，接著道：「我雖然知道他做的不對，但也只能在暗中阻止……」

燕七道：「所以你一直不敢露面。」

梅汝男黯然道：「我不敢露面，也不能露面。但我還是盡我所有的力量來討好你們，只希望你們能看在我的面上原諒他。」

燕七道：「他的人呢？」

梅汝男道：「回家了。」

燕七道：「是你把他救走的？」

梅汝男道：「當然是我，他是我嫡親的哥哥，我總不能看著他受苦……」

她忽然抬起頭，道：「假如你們還不肯原諒他，也不必再去找他，可以來找我，我願意承當一切過錯。」

林太平忽然站了起來，大聲道：「無論別人怎麼說，我總認為你沒有錯。」

郭大路道：「誰說她錯了，誰就是混蛋。」

王動道：「我只能說她簡直不是個人。」

林太平立刻紅了臉，連脖子都粗了，瞪眼道：「你說她不是人？」

王動嘆道：「她的確不是人，因為像她這樣有勇氣的人，我還沒見過。」

郭大路拍手道：「一點也不錯，這些話她本來根本不必告訴我們的，但她卻一點也沒有隱瞞，這種勇氣誰能比得上？」

燕七道：「你也比不上？」

郭大路嘆道：「若換了我，我倒真未必敢將這種事當面說出來。」

燕七忽然笑了笑，道：「你現在總該知道，女人並沒有你想像中那麼差勁吧？」

郭大路道：「非但不差勁，簡直偉大。」

梅汝男眼圈又紅了，道：「你們……你們真的都不怪我？」

郭大路道：「怪你？誰敢怪你？我們簡直應該跪下來跟你磕頭。」

王動道：「若不是你，我們就算沒有被毒死，也餓死了。」

梅汝男垂下頭，道：「其實我哥哥也並不是……」

郭大路搶著道：「你也用不著為他解釋，我們也不怪他。」

梅汝男道：「真的？」

郭大路道：「我若是他說不定也會這麼樣做的。」

王動道：「我做得也許比他更兇。」

郭大路道：「我只擔心你哥哥，他以後若知道你在跟他搗蛋，一定會氣得要命。」

梅汝男苦笑道：「他現在就已知道。」

郭大路怔了怔，道：「他知道後怎麼樣？」

梅汝男道：「氣得要命。」

郭大路道：「你怎麼辦？」

梅汝男道：「我就溜了。」

郭大路皺眉道：「但你遲早總要回去的，那是你的家。」

梅汝男又垂下頭，不說話了。

王動忽然笑了笑，道：「她若回去，當然一定要受罪，但是她卻可以不回去。」

郭大路道：「爲什麼？」

王動微笑著，道：「一個女孩子嫁了人之後，就可以不必回娘家。」

郭大路恍然，失笑道：「不錯，她若出了嫁，就不是梅家的人了，她哥哥就再也管不著她。」

王動道：「所以她就不能不趕快出嫁。」

郭大路道：「嫁給誰呢？」

王動悠然道：「當然是嫁給她喜歡的人，也許是我，也許是你。」

郭大路忽然怔住了。

他忽然發現梅汝男在偷偷的笑。

梅汝男一直垂著頭，紅著臉，靜靜的坐在那裡，好像很難受、很傷心的樣子，但嘴角卻已情不自禁露出了微笑。她笑得就像是隻剛偷來了八隻雞的小狐狸。

郭大路終於恍然大悟，原來這四個大男人全都上了她的當了。

在這種情況下，無論她喜歡的人是誰，看來都已非娶她不可。

這小狐狸已在不知不覺中將他們全都套住，套住了他們的脖子，現在只要她的手一提，就有個人要被她吊起來，吊一輩子。

「看來女人的確要比男人想像中聰明得多。」

只不過她想吊的人究竟是誰呢？

王動還在笑，笑得也像是隻狐狸，老狐狸。

他好像已知道自己絕不會被吊起來的。

他好像還知道一些郭大路不知道的事，忽又笑了笑，道：「我們這些人雖然並不是什麼大英雄、大豪傑，但也絕不是忘恩負義的膽小鬼，對不對？」

林太平道：「對。」

王動道：「所以梅姑娘若是有什麼困難，我們就一定要想法子替她解決，對不對？」

林太平道：「對。」

他又是第一個搶著說話的。

郭大路看看他，暗中嘆了口氣：「到底是年輕人，隨時隨地都會熱情過度，別人剛準備好

繩子，他就搶著往自己頭上套。」

他這口氣還沒有完全嘆出來，就發覺王動在瞪著他，道：「你呢？你說對不對？」

郭大路想說不對也不行，只恨不得找個雞蛋塞到王動嘴裡去，燕七忽然道：「根本就不必問他，若論起憐香惜玉、見義勇為這種事，天下還有誰比得上郭先生？」

王動點點頭，好像被燕七說到心裡去了，正色道：「這話倒真的一點也不假，但是你呢？」

燕七笑笑，淡淡道：「只要王老大一句話，我還有什麼問題？」

王動長長吐出口氣，展顏笑道：「梅姑娘，我們說的話，你全聽到了麼？」

梅汝男低著頭，從鼻子裡「嗯」了一聲，輕得就好像蚊子叫。

王動道：「那麼你若有什麼困難，為什麼還不說出來呢？」

梅汝男頭垂得更低，一副可憐巴巴的樣子，輕輕道：「我不好意思說。」

王動道：「你只管說。」

梅汝男臉也紅了，顯得又可憐，又難為情的樣子，費了半天勁，才斷斷續續的說道：「我哥發現我這麼做的時候，簡直氣得要發瘋，一直逼著我，問我為什麼要做這種事，為什麼幫著外人害自己的哥哥？」

王動道：「你怎麼說？」

梅汝男的臉更紅，道：「我想不出別的話說，只好說……只好說……」

她好像忽然抽了筋，說來說去都只有這三個字。

郭大路實在受不了了，忍不住道：「說什麼？」

梅汝男用力咬了咬嘴唇，像是下了很大的決心，紅著臉道：「我只好說，我幫的也不是外人。」

他就問，不是外人是什麼人，我就只好說是……是……」

郭大路又忍不住問道：「是什麼？」

梅汝男道：「我只好說是他的妹夫，因為我已和這人訂親。」

說完了這句話，她好像全身都軟了，差點跌到桌子底下去。

郭大路也差點掉到桌子底下去。

王動眨著眼，道：「你哥哥聽了你這話，又怎麼說呢？」

梅汝男道：「他聽了這話，氣才算平了些，但卻又警告我，假如我在騙他，他就要把我活活打死，又逼著我帶……帶回家去。」

王動道：「帶什麼回去？」

梅汝男咬著嘴唇道：「帶人……」

王動道：「帶什麼人？」

梅汝男道：「妹……妹夫……」

王動道：「誰的妹夫？」

梅汝男道：「我……我哥哥的妹夫。」

說完了這句話，她好像整個人又全都軟了。

郭大路的人也軟了。

王動又長長吐出口氣。

事實上，要弄清楚一個女孩子說的話，也的確不太容易。

王動笑道：「看來現在已只剩下一個問題了。」

林太平道：「什麼問題？」

王動道：「我們這四個人，誰是梅姑娘哥哥的妹夫呢？他是不是肯跟梅姑娘回去？」

林太平道：「誰會不肯？難道他忍心看著梅姑娘被她哥哥活活打死？」

王動道：「萬一有人不肯呢？」

林太平道：「那麼他簡直就不能算是我們的朋友，對這種不是朋友的朋友，我們就用不著客氣了。」

王動撫掌道：「不錯，就算有人不肯去，另外的三個人也得逼著他去，你們贊成不贊成？」

林太平道：「贊成。」

王動眼角瞟著郭大路道：「你呢？」

燕七忽又冷冷道：「這句話你也不該問的，你難道將郭先生看成了忘恩負義的人？」

王動笑道：「那就好極了，現在所有的問題都已解決，梅姑娘，你還等什麼呢？」

梅汝男卻偏偏還要讓他們再等等。女人好像天生就喜歡讓男人著急。

她眼珠子不停的轉，在這四個人臉上轉來轉去。

郭大路只希望這雙眼珠子不要停在他臉上。

其實他一點也不討厭這位「酸梅湯」，今天早上她來的時候，若說她喜歡的是別人，不是

他，他一定會氣得要命。

但喜歡是一回事，娶她做老婆又是另一回事了。

被逼著娶她做老婆，更是件完全不同的事，就好像他雖然喜歡喝酒，但也不願被人捏著鼻

子，拿酒往他嘴裡灌的。

他只望這位酸梅湯的眼睛有毛病，看上的不是他，是別人。

酸梅湯的眼睛卻偏偏一點毛病也沒有，而且在盯著他。

不但在盯著他，而且還在笑，笑得很甜，很迷人。

無論誰知道自己已釣上條大魚的時候，都會笑得很甜的。

郭大路也想對她笑笑，卻實在笑不出。

他心裡在嘆氣：「算我倒楣，誰叫我長得比別人帥呢？」

梅汝男忽然道：「我答應過，我決定的時候，一定第一個告訴你。」

郭大路喃喃道：「其實你也用不著對我太守信，女孩子答應人的事，常常都會忘的。」

梅汝男嫣然道：「我沒有忘記──你跟我出來，我告訴你。」

她忽然站起來走出去，腳步輕盈得就像是燕子。

一隻剛捉住七八條大毛蟲的燕子。

十五 苦差

一

她走到門口還轉回頭向郭大路招了招手。她的手又白又嫩。

你的脖子假如已被一雙手扼住，無論這雙手多麼白，多麼嫩，那滋味也是一樣不太好受的。

郭大路只好站起來，看看燕七。

燕七沒有看他。

郭大路看看王動。

王動在喝酒，酒杯擋住了他的眼睛。

郭大路看看林太平。

林太平在發怔。

郭大路咬咬牙，恨恨道：「我祖宗一定積了德，否則怎會交到你們這種好朋友呢？」

只聽梅汝男在門外道：「你在說什麼？爲什麼還不出來？」

郭大路嘆了口氣，道：「我什麼也沒有說，我在放屁。」

他總算走了出去。看他那愁眉苦臉、垂頭喪氣的樣子，就好像被人押著上法場似的。

過了半天，林太平忽然嘆了口氣，喃喃道：「想不到這人原來也會裝蒜的，心裡明明喜歡

得要命，卻偏偏要裝出這種愁眉苦臉的樣子，叫人看著生氣。」

他口氣好像有點酸溜溜的，肚子裡的酒好像全都變成了醋。

王動笑了，道：「你弄錯了一樣事。」

林太平道：「什麼事？」

王動道：「他心裡並不喜歡。」

林太平道：「不喜歡？梅姑娘難道還配不上他？」

王動道：「配不配得上是一回事，喜不喜歡又是另外一回事。」

林太平道：「你怎麼知道他不喜歡？」

王動道：「因為他還沒有變成呆子，也沒有變成啞巴。」

林太平眨眨眼，他聽不懂。

王動也知道他聽不懂，所以又解釋著道：「有個很聰明的人說過一句很有道理的話，他

說，無論多聰明的人，若是真的喜歡上一個女人，他在她面前也一定會變得呆頭呆腦的，甚至

連話都說不出來。」

他有意無意間向燕七看了看，笑道：「但他在梅姑娘面前，說的話還是比別人多……」

燕七打斷了他的話，冷冷道：「這只因有的人天生就是多嘴婆。」

王動笑笑，不說話了。

沒有人願意做多嘴婆——平時也沒有人會認爲他是多嘴婆，但今天他卻好像有點變了，說的話至少比平時多好幾倍。

林太平就在奇怪：這人今天爲什麼變得如此多嘴？這些話究竟是說給誰聽的？

林太平只知道一件事：若沒有特別的原因，王動連嘴都懶得動。

二

月光很美。

也許很少有人會注意到，但冬天的月光並不一定就不如春天的月光那麼動人，冬天的月光也一樣能打動少女的心。

圓圓的月亮掛在樹梢，梅汝男就站在樹下。月光照著她的臉，她的眼睛。

她的眼睛比月光更美。

就連郭大路也不能不承認，她的確是個很好看的女孩子，尤其是她的身材，郭大路幾乎從來也沒有見過身材這麼好的女人。

她好像比郭大路第一次看到她的時候更漂亮了，這也許是因爲她的衣服，也許是因爲她的笑。

她今天穿的不再是粗布衣服，窄窄的腰身，長長的裙子，襯得她的腰更細，風姿更迷人。

她又在看著郭大路笑，笑得更甜。

郭大路本來最欣賞她的笑，現在卻幾乎連看都不敢去看一眼。

女孩子的笑就像是她們的衣服首飾、胭脂花粉一樣，全都是她們用來誘男人上鉤的餌。聰明的男人最好連看都不要看。

郭大路那天若已懂得這道理，今天又怎會惹上這麼多麻煩？

他暗中嘆了口氣，慢吞吞的走過去，忽然道：「你哥哥真的酒量很好？」

梅汝男笑道：「假的，他平常根本很少喝酒。」

郭大路苦笑道：「那就更麻煩了。」

梅汝男道：「有什麼麻煩？」

郭大路笑道：「我本來還想一見面就先想法子把他灌醉的，免得他想起昨天的事，故意找我的麻煩。」

梅汝男嫣然道：「你若怕他找你麻煩，不妨躲著他些，等過幾天他的氣平了後，再去見他。」

郭大路道：「你不是急著要我回去見他嗎？」

梅汝男眼睛忽然瞪得很大，瞪著他，道：「你以為……你以為……」

她忽然笑了，笑得彎了腰。

郭大路怔住，眼睛也已發直，也在瞪著她，吶吶道：「不是我……」

梅汝男笑得連話都說不出了，只能不停的搖頭。

郭大路忍不住道：「不是我是誰？」

梅汝男好不容易停住笑，喘口氣道：「是燕七。」

郭大路叫了起來，道：「燕七？……你看上的人是燕七？」

梅汝男點點頭。

郭大路這才真的怔住了。

其實他根本就不想跟梅汝男成親，根本就不想跟任何人成親。

梅汝男看上的既然不是他，他本該大大的鬆口氣，覺得很開心才對。

但也不知為了什麼，現在他忽然又覺得難受、很失望，甚至有點酸溜溜。過了很久，才將這口酸氣吐出來，搖著頭，喃喃道：「我實在不懂，你怎麼會看上他的？」

梅汝男眼波流動，笑道：「我覺得他很好，樣樣都好。」

郭大路道：「連不洗澡那樣也好？」

梅汝男道：「有個性的男人，在沒有成親的時候，常常都不修邊幅的，但等到有個妻子照顧他的時候，他就會變了。」

她眼睛發著光，就像做著夢似的，癡癡的笑著道：「老實說，我從小就喜歡這種不拘小節的男人，這種人才真的有男子氣。那種成天打扮得油頭粉臉的男人，我一看就要吐。」

郭大路看著她的眼睛，忽然覺得這雙眼睛簡直一點也不美，簡直就好像瞎子的眼睛一樣。

梅汝男道：「我也知道他總是在躲著我，好像很討厭我，其實真正有性格的男人都是這樣子的。那種一見了女人就像蒼蠅見了血的男人，我更討厭。」

郭大路的臉好像有點發熱，乾咳了幾聲，道：「這麼樣說來，你是真的很喜歡他？」

梅汝男道：「你連一點也看不出？」

郭大路嘆了口氣，苦笑道：「我只覺得你好像跟我特別親熱。」

梅汝男嫣然道：「那不過是我故意逗他生氣的。」

郭大路道：「你既然喜歡他，為什麼反而要逗他生氣？」

梅汝男道：「就因為我喜歡他，所以才要逗他生氣，這道理你也不懂？」

郭大路苦笑道：「這麼樣看來，一個男人還是莫要被女人看上的好，若是永遠都沒有女人看上他，他活得反而開心些。」

梅汝男眨著眼，道：「你現在很開心麼？」

郭大路道：「當然很開心，簡直開心極了。」

郭大路走進來的時候，就算瞎子也能看得出他一點也不開心。

假如他出去的時候看來像是個被押上法場的囚犯，那麼他現在這樣子看來簡直就像是個死人。也許只不過比死人多了口氣而已。

一大口又酸又苦的冤氣。

屋子裡的情況幾乎還是和他剛才離開時完全一樣，王動還是在喝酒，林太平還是直發怔，

燕七還是故意裝作看不見他。

郭大路把王動手裡的酒杯搶了過來，大聲道：「你今天怎麼回事？變成了個酒罈子嗎？」

王動笑笑，道：「好朋友的喜酒當然要多喝幾杯，你難道捨不得？」

郭大路本來也想笑笑的，卻笑不出來，用眼角瞟著燕七，道：「這裡倒的確有個新郎倌，

但卻不是我。」

王動好像並不覺得意外，只淡淡的問道：「不是你是誰？」

郭大路沒有回答。

他已轉過身，瞪大了眼睛，看著燕七。

燕七忍不住道：「你看什麼？」

郭大路道：「看你。」

燕七冷笑道：「我有什麼好看的？你只怕看錯了人吧。」

郭大路嘆了口氣，道：「我正是想找出你這人究竟有什麼好看的地方，會有人看上你。」

燕七皺了皺眉，道：「誰看上了我？」

郭大路道：「新娘子。」

燕七開始有點吃驚了，道：「新娘子跟我又有什麼關係？」

郭大路總算笑了笑，道：「新娘子若是跟新郎倌沒有關係，跟誰有關係？」

燕七的眼睛也瞪了起來，道：「誰是新郎倌？」

郭大路道：「你。」

燕七呆住了。

開始時他顯得很吃驚，後來忽然變得很歡喜，終於忍不住笑了出來，就好像面前忽然掉下個大元寶似的。

郭大路眨眨眼，道：「原來你也很喜歡她。」

燕七不說話，直笑。

郭大路道：「你若是不喜歡她，為什麼笑得這麼開心？」

燕七不回答，反問道：「她的人呢？」

郭大路淡淡道：「正在院子裡等新郎倌，你最好不要讓她等得太著急。」

燕七沒有讓她等，郭大路的話還沒有說完，他已跳起來，衝了出去。

郭大路看著他，慢慢的搖著頭，喃喃道：「看來新郎倌比新娘子還急。」

王動忽然笑道：「你是不是很不服氣？」

郭大路瞪了他一眼，冷冷道：「我只不過覺得有點奇怪。」

王動道：「有什麼好奇怪的？」

郭大路道：「我只奇怪，為什麼每個女人的眼睛都有毛病。」

王動道：「你認為梅姑娘不該看上燕七的？你認為他很醜？」

郭大路想了想，道：「其實他也不能叫做太醜，至少他的眼睛並不醜。」

其實，燕七的眼睛非但不醜，而且很好看，尤其是在眼睛帶著笑意的時候，看來就像是春風中清澈的湖水。

王動道：「他的鼻子很醜嗎？」

郭大路又想了想，道：「也不算是很醜，只不過笑起來的時候就像個肉包子。」

燕七笑的時候，鼻子總是要先輕輕的皺起來，但那非但不像個包子，而且反顯得很俏皮，很好看。

王動道：「他的嘴很醜？」

郭大路忽然笑了，道：「我很少看到他的嘴。」

王動道：「為什麼？」

郭大路笑道：「他的嘴好像比金毛獅子狗的嘴還要小。」

王動道：「小嘴很難看？」

郭大路只好搔搔頭，因為他並不是個會昧著良心說話的人。

王動道：「他什麼地方難看？」

郭大路想了很久，忽然發覺燕七從頭到腳實在都長得很好。

就連他那雙髒兮兮的手，都比別人長得秀氣些。

郭大路只好嘆了口氣，道：「他若時常洗洗澡，也許並不是個很難看的人。」

王動忽又笑了，道：「他若真的洗了個澡，你也許會嚇一跳。」

郭大路也笑了，道：「我倒真希望他什麼時候能讓我嚇一跳。」

王動道：「你既然也覺得他不錯，那麼梅姑娘看上他，又有什麼不對呢？」

郭大路嘆道：「對，對極了。」

他忽然聽到院子裡發出一聲尖叫。

是梅汝男在叫，叫得就像一個被人踩到尾巴的貓。

郭大路站起來，像是想出去看看，卻又坐下，搖著頭笑道：「我知道新郎倌都很急，卻還是沒有想到燕七會急得這麼厲害。」

他這句話剛說完，就看到燕七走了進來。

一個人走了進來。

郭大路道：「新娘子呢？」

燕七道：「沒有新娘子。」

郭大路道：「有新郎倌，就有新娘子。」

燕七道：「也沒有新郎倌。」

郭大路看著他，忽又笑了，道：「新娘子是不是已經被新郎倌嚇跑了？」

他忽然發現燕七臉上有三條長長的指甲印，就好像是被貓抓的。

燕七卻一點也不在意，反而好像很愉快，眨著眼，笑道：「她的確已經走了，但卻不是被

「我嚇走的。」

郭大路道：「不是？你沒有動手動腳，她為什麼會叫？」

燕七笑笑，道：「我若真的動手動腳，她還會走嗎？」

郭大路只有承認：「不會。」

因為他也知道，一個女人若是喜歡了一個男人時，就怕他不動手動腳。

「可是她為什麼要走呢？」

燕七道：「因為，她忽然改變了主意，不想嫁給我了。」

郭大路愕然道：「她改變了主意？怎麼會的？」

燕七道：「因為……因為我對她說了一句話。」

郭大路搖頭道：「我不信，一個女人若已打定了主意要嫁給你，你就算說三千六百句話，

她也不會改變主意的。」

他又笑著道：「你幾時看過有人肯讓已釣上手的魚溜走的？」

燕七笑道：「也許她忽然發現這條魚刺太多，也許她根本不喜歡吃魚。」

郭大路道：「天下沒有不喜歡吃魚的貓。」

燕七道：「她不是貓。」

郭大路看著他的臉，笑道：「若不是貓，怎麼會抓人呢？」

郭大路當然知道女人不但也會抓人，而且抓起人來比貓還兇。

貓抓人總還有個理由，女人卻不同。

她高興抓你就抓你。

郭大路只有一件事想不通：「你究竟是用什麼法子，讓她改變主意的？」

燕七道：「我什麼法子也沒有，只不過說了一句話而已。」

郭大路道：「說的是什麼話？」

燕七道：「那是我的事，你為什麼一定要問？」

郭大路道：「因為我也想學學。」

燕七道：「為什麼要學？」

燕七道：「那我更不能告訴你了。」

郭大路笑道：「只要是男人，誰不想學？」

郭大路道：「為什麼？」

燕七笑了笑，道：「因為那是我的秘密，若被你學會，我還有什麼戲唱？」

郭大路嘆了口氣，喃喃道：「我還以為你是我朋友哩，誰知你……」

王動忽然打斷了他的話，道：「朋友之間難道就不能有秘密？」

郭大路道：「那也要看是什麼樣的秘密。」

王動道：「秘密就是秘密，所有的秘密都一樣。」

郭大路道：「這麼樣說來，你也有秘密？」

王動點點頭，道：「你呢？你難道沒有？」

郭大路想了想，終於勉強點了點頭。

王動道：「別人若要問你的秘密，你肯不肯說？」

郭大路又想了想，終於勉強搖了搖頭。

王動道：「那麼你就也不能問別人的。」

他躺了下去。

他躺下去的時候，就表示談話已結束。

三

只有正確的結論才能使談話結束。

王動的結論通常都很正確。

每個人都有秘密。

每個人都有權保留自己的秘密，這是他的自由。

十六　郭大路的秘密

一

秘密是什麼呢？

秘密就是你唯一可以獨自享受的東西。

它也許能令你快樂，也許令你痛苦，它無論是什麼，都是完全屬於你的。

它若是痛苦，你只有獨自承當：若是快樂，你也不能讓人分享。

連最好的朋友也不能。

因為假如有第二個人知道你的秘密，那就不能算是秘密了。

有些秘密的確是種享受。

當你剛吃了頓好飯，洗了個熱水澡，身上穿著件寬大的舊衣服，一個人坐在舒服的椅子上，面對著窗外滿天夕陽的時候，你忽然想起秘密，心裡就會不由自主泛起種溫暖之意⋯⋯

你的秘密假如是這一種，就不妨永遠保留著它，否則就不如快些說出來吧。

二

郭大路坐在簷下，已坐了很久。

只要還有一樣別的事可做，他就不會坐在這裡。

有的人寧可到處亂逛，看別人在路上走來走去，看野狗在牆角打架，也不肯關在屋子裡。

郭大路就是這種人。

但現在他唯一能做的事，就是坐在這裡發怔。

簷下結著一根根的冰柱，有長有短，也不知有多少根。

郭大路卻知道，一共有六十三根，二十六根比較長，三十七根比較短。

因為他已數過十七八次。

天氣實在太冷，街上非但看不到人，連野狗都不知躲到哪裡去了。

他活了二十多年，過了二十多個冬天，但卻想不起有哪一天比這幾天更冷。

一個人真正倒楣的時候，好像連天氣都特別要跟他作對。

他常常都很倒楣，但卻也從來沒有像現在這樣倒楣過。

倒楣就像是種傳染病，一個人真的倒楣了，跟他在一起的人也絕不會走運的。

所以他並不是一個人坐在這裡。

燕七、王動、林太平，也都坐在這裡，也都正發著怔。

林太平忽然問道：「你們猜這裡一共有多少根冰柱？」

燕七道：「六十三根。」

王動道：「二十六根長，三十七根短。」

郭大路忍不住笑了，道：「原來你們也數過。」

燕七道：「我已數過四十遍。」

王動道：「我只數過三遍，因爲我捨不得多數。」

郭大路道：「捨不得？」

王動道：「因爲我要留著慢慢的數。」

郭大路想笑，卻已笑不出來。

這話雖然很可笑，但卻又多麼可憐。

郭大路忽然站起來，轉過身，看著屋子中央的一張桌子。

紫檀木的桌子，鑲著整塊的大理石。

郭大路喃喃道：「不知道我現在還有沒有力氣將這桌子抬到娘舅家去？」

王動道：「你沒有。」

郭大路道：「要不要我來試試？」

王動道：「你根本不必試。」

郭大路道：「爲什麼？」

王動道：「我也知道你當然能抬得起一張空桌子，但桌上若壓著很重的東西，那就不同

了。」

郭大路道：「這桌上什麼也沒有呀。」

王動道：「有。」

郭大路道：「有什麼？」

王動道：「面子！而且不是我一個人的面子，是我們大家的面子。」

他淡淡的接著道：「我們不但收了人家的租金，還收了人家的保管費，現在若將人家的東西拿去當了，以後還有臉見人麼？」

郭大路嘆了口氣，苦笑道：「不錯，這桌子我的確抬不起來。」

王動道：「世上最重的東西就是面子，所以這張桌子只有一種人能抬得起來。」

郭大路道：「哪種人？」

王動道：「不要臉的人。」

林太平笑了，道：「那種人通常都是吃得很飽的。」

燕七道：「豬通常也都吃得很飽的。」

林太平嘆了口氣，道：「所以一個人若要顧全自己的面子，有時不得不虧待自己的肚子，面子畢竟比肚子重要得多。」

燕七道：「因為人不是豬，只有豬才會認為肚子比面子重要。」

林太平道：「所以有人寧可餓死，也不願做丟人的事。」

王動道：「但我們並沒有餓死，是不是？」

林太平道：「是。」

王動道：「我們雖然已有好幾天都沒有吃飽，但總算已捱到現在。」

郭大路挺胸，道：「誰也不能不承認，我們的骨頭確比大多數人都硬些。」

王動道：「只要我們肯捱下去，總有一天能捱到轉機的。」

郭大路展顏笑道：「不錯，冬天既已來了，春天還會遠嗎？」

王動道：「只要我們能捱到那一天，我們還是一樣可以抬起頭來見人，因為我們既沒有對不起別人也沒有對不起自己。」

林太平遲疑著，終於忍不住道：「我們能捱得過去嗎？」

郭大路搶著道：「當然能。」

他走過去攬住林太平的肩，笑道：「因為我們雖然什麼都沒有了，但至少還有朋友。」

林太平看著他，心裡忽然泛起一陣溫暖之意。

他忽然覺得自己已有足夠的勇氣。

無論多麼大的困難，無論多麼冷的天氣，他都已不在乎。

他忽然跑了出去。

一直到晚上，他才回來，手裡多了個紙包。

他舉起這紙包，笑道：「你們猜，我帶了什麼東西回來？」

郭大路眨眨眼，道：「難道是饅頭？」

林太平笑道：「答對了。」

紙包裡果然是饅頭。

四個大饅頭，每個饅頭裡居然還夾著塊大肥肉。

郭大路歡呼道：「林太平萬歲！」

他拿起個饅頭，又笑道：「我實在佩服，現在就算殺了我，我也變不出半個饅頭來。」

燕七盯著林太平，道：「這些饅頭當然不是變出來的？」

林太平笑了笑，道：「也許是天上掉下來的。」

他拿了個饅頭給王動。

王動搖搖頭，道：「我不吃。」

林太平道：「為什麼？」

王動嘆了口氣，道：「因為我不忍吃你的衣服。」

郭大路剛咬了口饅頭，已怔住。

他這才發現林太平身上的衣服已少了一件——最厚的一件。

林太平穿的衣服本就不多。

現在他嘴唇已凍得發白，但嘴角卻帶著很愉快的笑容，道：「不錯，我的確將衣服當了，換了這四個饅頭。因為我很餓，一個人很餓的時候，將自己的衣服拿去當，總沒有人能說他不

對吧。」

王動道：「那麼，你就該吃完了再回來，也免得我們⋯⋯」

林太平打斷了他的話，道：「我沒有一個人躲著偷偷的吃，只因我很自私。」

王動道：「自私？」

林太平道：「因為我覺得四人在一起吃，比我一個人躲著吃開心得多。」

這就是朋友。

他們有福能同享，有難也能同當。

一個人若有了這種朋友，窮一點算得了什麼，冷一點又算得了什麼？

郭大路慢慢的嚼著饅頭，忽然笑道：「老實說，我這一輩子從來也沒吃過這麼好吃的東西。」

林太平笑道：「你說的話不老實，這只不過是個冷饅頭。」

郭大路道：「雖然是個冷饅頭，但就算有人要用全世界的大魚大肉來換我這冷饅頭，我也不肯換的。」

林太平的眼圈忽然好像有些紅了，抓住郭大路的手，道：「聽了你這句話，我也覺得這饅頭好吃多了。」

燥的人生變得多姿多采。

有些話的確就像是種神奇的符咒，不但能令冷饅頭變成美味，令冬天變得溫暖，也能令枯

你若也想學會說這種話，就要先學會用真誠對待你的朋友。

郭大路忽然嘆了口氣，道：「只可惜我這件衣服太破。」

林太平道：「破衣服並不丟人。」

郭大路嘆道：「只可惜那活剝皮絕不會這麼想，否則……」

燕七笑笑，道：「否則你早就脫下來去換酒了，對不對？」

郭大路苦笑道：「答對了。」

燕七忽然站起來往外走。

郭大路道：「用不著去試，你的衣服比我的還破。」

燕七不理他，很快的走出去，又很快就回來了。

回來的時候，提著壺水。

燕七道：「寒夜客來茶當酒，茶既然可以當酒，水為什麼不能？」

郭大路失笑道：「想不到你倒很風雅。」

燕七笑道：「一個人窮得要命的時候，想不風雅也不行。」

這就是他們對人生的態度。

有酒的時候，他們喝得比誰都多，沒有酒的時候，他們水也一樣喝。

他們喝酒的時候很開心，喝水也一樣開心。

所以他們活得比別人快樂。

但喝酒和喝水至少總有一種分別。

酒愈喝愈熱，水愈喝愈冷。

尤其是在這種天氣裡喝冷水。

郭大路忽然站起來，開始翻跟斗。

燕七笑道：「你幹什麼？」

郭大路道：「我有經驗，動一動就會熱起來的，你們為什麼不學學我？」

燕七搖搖頭，道：「因為我也有經驗，動得快，餓得也快。」

郭大路笑道：「你想得太多了，只要現在不冷，又何必……」

這句話他沒有說完。

他忽然看到有樣東西從他面前掉了下來。

一樣黃澄澄的東西。黃澄澄的金子。

金子並不是從天上掉下來的，而是從郭大路懷裡掉下來的。

他正開始翻第六個跟斗，正在頭朝下，腳朝上的時候，這金子就從他懷裡掉了下來。

「噹」的，掉在他面前。

金子掉在地上，會發出「噹」的一聲，就表示這金子很重。

這的確是根很粗的金鍊子，上面還有個金雞心。

這金雞心至少比真的雞心大一倍。

一個窮得好幾天沒吃飯的人，身上居然會掉出這麼多金子來，簡直是件令人無法相信的事。

但王動他們卻無法不相信，因為他們三個人都看得很清楚。

他們只希望自己沒有看見。

他們實在不願意相信這是真的。

林太平連自己的衣裳都拿去當了，郭大路身上卻還藏著條這麼粗的金子。

一個身上藏著金鍊子的人，居然還在朋友面前裝窮，居然還裝得那麼像。

這算是什麼朋友？

他們實在不願相信郭大路會是這樣的朋友。

王動突然打了個呵欠，喃喃道：「一個人吃飽了，為什麼總是想睡覺呢？」

他去睡了，從郭大路面前走過去，好像既沒有看見這條金鍊子，也沒有看見郭大路這個人。

林太平打了個呵欠，喃喃道：「這麼冷的天氣，還有什麼地方比被窩裡好？」

他也去睡了，也好像什麼都沒有看見。

只有燕七還坐在那裡，坐在那裡發怔。

又過了很久，郭大路的腳才慢慢的從上面落下來，慢慢的把身子站直。

他身子好像已難再站得直。

沒有星，沒有月，只有一盞燈。

一盞很小的燈，因為剩下的燈油也已不多。

但這條金鍊子在燈下看來還是亮得很。

郭大路低著頭，看看這條金鍊了，喃喃道：「奇怪，為什麼金子無論在多暗的地方，看來都會發亮呢？」

燕七淡淡道：「也許這就是金子的好處，否則為什麼會有那麼多人將金子看得比朋友還重？」

郭大路又怔了半天，忽然抬起頭，道：「你為什麼不去睡？」

燕七道：「我還在等。」

郭大路道：「等什麼？」

燕七道：「等著聽你說……」

郭大路大聲道：「我沒有什麼好說的，你們若把我看成這種人，我就是這種人。」

燕七凝視著他，過了很久很久，才慢慢的站了起來，慢慢的走出去。

郭大路沒有看他。

外面的風好大，好冷。

燈已將枯，忽然間，也不知從哪裡捲出了陣冷風，吹熄了燈。

但金鍊子還在發著光。

郭大路垂著頭，看著這條金鍊子，又不知過了多久，他才慢慢的彎下腰，拾起了這金鍊子。

他捧著這金鍊子，捧在掌心。

他眼淚突然泉湧而出，一粒粒滴在掌心。

冰冷的金鍊子，火熱的眼淚。

他忽然跪下去，終於哭了起來，盡量不讓自己哭出聲音。

因為他不願別人聽到他的哭聲。

這是他的秘密，也是他一生最大的痛苦，他不願別人知道這秘密，也不願別人分擔他的痛苦。

所以沒有人知道他痛苦得多麼深，多麼強烈。

那雖然已經是很久很久以前的事了，但現在他只要一想到，還是會心碎。

他知道自己終生要揹負著痛苦，至死都無法解脫。

剛才的事也令他痛苦。

他本來寧死也不願失去這些朋友。

但他並沒有解釋，因為他知道他們不會原諒他，因為連他自己都無法原諒他自己。

也許世上有一種真正的痛苦，那就是不能向別人說的痛苦。

「不能說……我怎麼能說？……」

「我怎麼還有臉留在這裡？」

外面的風更大，更冷。

他咬緊牙，悄悄擦乾眼淚，站起來，外面的世界無論多冷酷無情，他都已準備獨自去承受。

他做錯了事，就自己承當，既不肯解釋，也不肯告饒。

就算在朋友面前也不肯。

可是上天知道，他實在將朋友看得比自己的生命還要重。

「朋友們，再見吧，總有一天，你們會瞭解我的。到那一天，我們還是朋友，可是現在

……」

他眼淚又在往下流。

就在他伸手去擦眼淚的時候，他看到了燕七。

不但看到了燕七，也看到了王動和林太平。

他們不知什麼時候又走進了這屋子，靜靜的站在那裡，靜靜的看著他。

他看不到他們臉上的表情，只看到他們三雙發亮的眼睛。

他也希望他們莫要看到他的臉，看到他臉上的淚痕。

他輕輕咳嗽了幾聲，道：「你們不是已睡了嗎？」

林太平道：「我們睡不著。」

郭大路勉強笑了笑，道：「睡不著也該躺在被窩裡，在這種天氣，世上還有什麼地方比被窩裡更好？」

王動道：「有。」

燕七道：「這裡就比被窩裡好。」

郭大路道：「這裡有哪點好？」

王動道：「只有一點。」

三

燕七道：「這裡有朋友，被窩裡沒有。」

郭大路忽然覺得一陣熱意從心裡衝上來，似已將喉頭塞住。

過了很久，他才能說得出話來。

他垂下頭道：「這裡也沒有朋友，我已不配做你們的朋友。」

王動道：「誰說的？」

燕七道：「我沒有說。」

林太平道：「我也沒有說。」

王動道：「我們到這裡來，只想說一句話。」

郭大路握緊了拳，道：「你……你說。」

王動道：「我們瞭解你，也相信你，所以無論發生了什麼事，你都是我們的朋友。」

這就是朋友。

他們能分享你的快樂，也能分擔你的痛苦。

你若有困難，他們願意幫助。

你若有危險，他們願意為你挺身而出。

就算你真的做錯了什麼事，他們也能諒解。

在這種朋友面前，你還有什麼秘密不能說的？

四

外面的風還是很冷，很大。

屋子裡還是很黑暗。

但此時此刻，他們所能感受到的，卻只有溫暖和光明。因為他們知道自己有朋友，有了真心的朋友。

有朋友的地方就有溫暖，就有光明。

郭大路的血在沸騰。

「無論發生了什麼事，你都是我們的朋友。」

他本來寧死也不願在別人面前流淚，但現在眼淚已又流出。

他本來寧死也不願說出自己心裡的痛苦和秘密，但現在卻願說出。

沒有別的人能令他這麼做，只有朋友。

他終於說出了他的秘密。

郭大路的家鄉有很多美麗的女孩子，最美的一個叫朱珠。

他愛上了朱珠，朱珠也愛他。

他全心全意的對待朱珠，他對她說，願意將自己的生命和一切都獻給她。

他不像別的男人，只是說說就算了。

他真的這麼樣做。

朱珠很窮，等到郭大路的雙親去世時她就不窮了。

因為他知道她是屬於他的，她也說過，她整個人都屬於他的。

為了讓她信任他，為了讓她快樂，他願意做任何的事。

然後他就發現了一樣事。

朱珠並不愛他。

就像很多別的女人一樣，她說的話，只不過說說而已。

她答應嫁給他，除了他之外，誰都不嫁。

他們甚至已決定了婚期。

可是在他們婚期的前一天，她已先嫁了，嫁給了別人。

她出賣了郭大路所給她的一切，跟著那人私奔了。

這條金鍊子就是她給他的訂情之物。

也是她給他的唯一的一樣東西。

沒有人開口，誰也不知道該說什麼。

還是郭大路自己先打破了沉默。他忽然笑笑，道：「你們永遠猜不到她是跟誰跑了的。」

林太平道：「誰？」

郭大路道：「我的馬伕。」

他大笑，接著道：「我將她當做天下最高貴的人，簡直將她當做仙女，但她卻跟我最看不起的馬伕私奔了，你們說，這可笑不可笑？」

不可笑。

沒有人覺得這種事可笑。

只有郭大路一個人一直不停的笑，因為他生怕自己一不笑就會哭。

他一直不停的笑了很久，忽然又道：「這件事的確給了我個很好的教訓。」

林太平道：「什麼教訓？」

他也並不是真的想問，只不過忽然覺得不應該讓郭大路一個人說話。

他覺得自己應該表示自己非常關心。

郭大路道：「這教訓就是，男人絕不能太尊重女人，你若太尊重她，她就會認爲你是呆

子，認爲你不值一文。」

燕七忽然道：「你錯了。」

郭大路道：「誰說我錯了？」

燕七道：「她這麼樣做，並不是因爲你尊敬她——一個女人若能做出這種事來，只有一個

原因。」

郭大路道：「什麼原因？」

燕七道：「那只因她天生是個壞女人。」

郭大路沉默了很久，終於慢慢的點了點頭，苦笑道：「所以我並不怪她，只怪自己，只怪

我自己爲什麼看錯了人。」

王動忽然道：「這種想法也不對。」

郭大路道：「不對？」

王動道：「你一直爲這件事難受，只因你一直在往最壞的地方去想，總覺得她是在欺騙你，總覺得自己被人家甩了。」

郭大路道：「本來難道不是這樣子？」

王動道：「你至少應該往別的地方想想。」

郭大路道：「我應該怎麼想？」

王動道：「想想好的那一面。」

郭大路苦笑道：「我想不出。」

王動道：「你有沒有親眼看到她和那個馬侠做出什麼事？」

郭大路道：「沒有。」

王動道：「那麼你又怎麼能斷定她是和那個馬侠私奔的？」

郭大路怔了怔，道：「我……並不是我一個這麼想，每個人都這麼想。」

王動道：「別人怎麼想，你就怎麼想？別人若認爲你應該去吃屎，你去不去？」

郭大路說不出話了。

王動道：「每個人都有偏見。那些人根本就不瞭解她，對她的看法怎麼會正確？何況，就算是很好的朋友，有時也常常會發生誤會。」

他笑了笑，慢慢地接著道：「譬如說，剛才那件事，我們就很可能誤會你，認為你是個小氣鬼，認為你不夠朋友。」

郭大路道：「但她的確是和那馬伕在同一天突然失蹤的。」

王動道：「那也許只不過是巧合。」

郭大路道：「天下哪有這麼巧的事？」

王動道：「有。不但有，而且常常有。」

郭大路道：「那麼他們為什麼要突然走了呢？」

王動道：「那馬伕也許因為覺得做這種事沒出息，所以想到別地方去另謀發展。」

郭大路道：「朱珠呢？她又有什麼理由要走？我甚至連花轎都已準備好了。」

王動道：「怎麼不可能有別的理由？那天晚上，也許突然發生了什麼你不知道的變化，逼得她非走不可；也許她根本身不由主，是被人綁架走的。」

林太平忽然道：「也許她一直都很想向你解釋，卻一直沒有機會。」

燕七嘆了口氣，道：「世上極痛苦的事，也許是明知道別人對自己有了誤會，自己明明受了冤枉卻無法解釋。」

林太平道：「更痛苦的是，別人根本就不給他機會解釋。」

王動道：「最痛苦的是，有些事根本就是不能對別人解釋的，譬如說……」

郭大路長嘆道：「譬如說剛才那件事，我本來就不願解釋的，剛才你們來的時候我若已走

了，你們說不定就會對我一直誤會下去。」

王動道：「不錯，現在你已想通了麼？」

郭大路點點頭。

王動道：「一件事往往有很多面，你若肯往好的那面去想，才能活得快樂。」

燕七道：「只可惜有的人偏偏不肯，偏偏要往最壞的地方去想，偏偏要鑽牛角尖。」

王動道：「這種人非但愚蠢，而且簡直是自己在找自己的麻煩，自己在虐待自己。我想你

總不會是這種人吧？」

郭大路笑了，大聲道：「誰說我是這種人，我打扁他的鼻子。」

所以你心裡要有什麼令你痛苦的秘密，最好能在朋友面前說出來。

因為真正的朋友非但能分享你的快樂，也能化解你的痛苦。

郭大路忽然覺得舒服多了，愉快多了。

因為他已沒有秘密。

因為他已能看到事情光明的一面。

夜深夢迴時，他就算再想到這種事，也不再痛苦，最多只不過會有種淡淡的憂鬱

淡淡的憂鬱有時甚至是種享受。

五

「你們雖然分別了，說不定反能活得更快樂些。」

「她說不定也找到很好的歸宿，至於你⋯⋯若沒有發生這變化，你現在說不定每天都在抱孩子、換尿布，而且說不定每天為了柴米油鹽吵架。」

「但現在你們都可以互相懷念，懷念那些甜蜜的往事，懷念對方的好處，以後若能再相見，就會覺得更快樂。」

「以後就算不能相見也無妨，因為你至少已有了段溫馨的回憶，讓你坐在爐邊烤火時，能有件令你溫暖的事想想。」

「每個人都有自己的命運，你既不能勉強，也不必勉強。」

「所以你根本沒有什麼事好痛苦的。」

——這就是王動他們對這件事最後的結論。

從此以後，他們誰也沒有再提起這件事，也沒有再提起那金鍊子。

因為他們瞭解郭大路的感情，瞭解這金鍊子在他心裡的價值。

有些東西的價值，往往是別人無法衡量的。

王動還躺在床上，忽然聽到郭大路在外面喊：「娘舅來了。」

郭大路沒有娘舅。

「娘舅」的意思就是那當舖的老闆「活剝皮」。

活剝皮當然並不姓活，事實上也不太剝皮，他最多也不過刮刮你身上的油水而已——當然刮得相當徹底。

奇怪的是，愈想刮人油水的人，愈長不胖。

他看來就像是隻風乾了的野兔子，總是駝著背，瞇著眼睛，說話的時候總是用眼角看著你，好像隨時隨地都在打量著你身上的東西可以值多少銀子。

王動他們雖然常常去拜訪他，但他還是第一次到這裡來。

所以王動總算也勉強起了床。

像活剝皮這種人，若肯爬半個多時辰的山，去「拜訪」一個人的時候，通常都只有一種理由。

那理由通常都和黃鼠狼去拜訪雞差不多。

王動走進客廳的時候，郭大路正在笑著問：「是哪陣風把你吹來的，難道你想來買王動的這棟房子？」

他知道王動至少用過二十幾種法子，想將這房子賣出去，只可惜看來他就算白送給別人，別人都不要。

活剝皮的頭搖得就像隨時都會從脖子上掉下來，乾笑著道：「這麼大的房子，我怎麼買得起？自從遇見你們之後，我簡直連老本都快賠光了，不賣房子已經很運氣。」

郭大路道：「假如他肯便宜賣呢？」

活剝皮道：「我買來幹什麼？」

郭大路道：「你可以再轉讓別人，也可以自己住進來。」

活剝皮笑道：「沒有毛病的人，誰肯住進這種地方來？」

郭大路還想再兜兜生意，活剝皮忽又道：「你們現在是不是很缺錢用？」

王動笑道：「我們哪天不缺錢用？」

活剝皮道：「那你們想不想平白賺五百兩銀子？」

當然想。

但無論誰都知道活剝皮的銀子絕不會是容易賺的，從老虎頭上拔根毛也許反倒容易些。磁

公雞身上根本就沒有毛可拔。

只不過五百兩銀子的誘惑實在太大。

郭大路眨眨眼，道：「你說的是五百兩？」

活剝皮道：「整整五百兩。」

郭大路上上下下打量了他幾眼，道：「你是不是喝醉了？」

活剝皮道：「我清醒得很，只要你們答應，我現在就可以先付一半訂金。」

他一向很信任這些人，因為他知道這些人雖然一文不名，但說出來的話卻重逾千金。

郭大路嘆了口氣，道：「這銀子要怎麼樣才能賺得到呢？」

活剝皮道：「很容易，只要你們跟我到縣城裡去走一趟，銀子就到手了。」

郭大路道：「走一趟？怎麼走法？」

活剝皮道：「當然是用兩條腿走。」

郭大路走了兩步，道：「就這麼樣走？」

活剝皮道：「嗯。」

郭大路道：「然後呢？」

活剝皮道：「然後你們就可以帶著五百兩銀子走回來。」

郭大路道：「沒有別的事了？」

活剝皮道：「沒有。」

郭大路看看王動，笑道：「走一趟就能賺五百兩銀子，這種事你聽說過沒有？」

王動道：「沒有。」

活剝皮道：「有很多事你們都沒有聽說過，但卻並不是假的。」

王動道：「你賠本也不是假的。」

活剝皮嘆了口氣，道：「最近生意的確愈來愈難做了，當的人多，贖的人少，斷了當的東西又賣不出去，我要的利錢又少。」

王動點點頭，顯得很同情的樣子。

郭大路卻忍不住問道：「既然是賠本的生意，你為什麼還要做呢？」

活剝皮嘆道：「那也是沒法子，唉，誰叫我當初選了這一行呢？」

王動道：「所以那五百兩銀子你還是留著自己慢慢用吧。」

活剝皮搶著道：「那不同，那是我自己願意讓你們賺的。」

王動淡淡的道：「你的錢來得並不容易，我們只走一趟，就要你五百兩，這種事我們怎麼好意思做呢。」

活剝皮蒼白的臉好像有點發紅，乾咳著道：「那有什麼不好意思？何況，我要你們陪我走這一趟，當然也有用意的。」

王動道：「什麼用意？」

活剝皮又乾咳了幾聲，勉強的笑道：「你可以放心，反正不會要你們去當強盜，也不會要你們去殺人。」

王動道：「你也可以放心，反正我不去。」

活剝皮愕然道：「五百兩銀子你不想要？」

王動道：「不想。」

活剝皮道：「為什麼？」

王動道：「沒有原因。」

活剝皮怔了半晌，忽又笑道：「你一個人不去也沒關係，我還是……」

燕七忽然道：「他不是一個人。」

活剝皮道：「你也不去？」

燕七道：「我也不去，而且也沒有原因，不去就是不去。」

林太平笑道：「我本來還以為只有我一個人不肯去，誰知大家都一樣。」

活剝皮急了，大聲道：「我的銀子難道不好？你們難道沒拿過？」

王動淡淡道：「我們若要你的銀子，自然會拿東西去當的。」

活剝皮道：「我不要你們的東西，只要你們跟我走一趟，就給你們五百兩銀子，你們反而不肯？」

王動道：「是的。」

活剝皮好像要跳了起來，大聲道：「你們究竟有什麼毛病？⋯⋯我看你們遲早總有一天會要餓死的⋯⋯像你們這種人若是不窮，那才真是怪事。」

王動他們的確有點毛病。

他們的確可窮死、餓死，但來路不明的錢，他們絕不肯要的。

拿東西去當並不丟人，他們幾乎什麼東西都當過。

但他們只當東西，不當人。

他們寧可將自己的褲子都拿去當，但卻一定要保住自己的尊嚴和良心。

他們只做自己願意做，而且覺得應該做的事。

六

每個人都要上廁所的，而且每天至少要上七八次。

這種事既不髒，也不滑稽，只不過是件很正常、很普通，而且非做不可的事，所以根本已不值得在我們的故事中提起。

假如有人要將這種事寫出來，那麼一個十萬字的故事，至少可以寫成二十萬字。

但這種事有時卻又不能不提，譬如說，現在——

王動的確是剛上過廁所出來，他每天起床後第一件事就是上廁所。

他回到客廳裡的時候，發現燕七和林太平的神情好像都有點特別，好像心裡都有話要說，卻又不想說。

所以王動也不問，他一向很沉得住氣，而且知道在這種情況下，你如果想問，就不如等他們自己說出來。

燕七果然沉不住氣，忽然道：「你為什麼不問？」

王動道：「問什麼？」

燕七道：「你沒有看到這裡少了一個人？」

王動點點頭，道：「好像是少了一個。」

少了的一個是郭大路。

燕七道：「你為什麼不問他到哪裡去了？」

王動笑笑，道：「他到哪裡去都沒關係，但你如果一定要問我，我問問也沒關係。」

他慢慢的坐下來，四面看了看，才問道：「小郭到哪裡去了？」

燕七突然冷笑了一聲，道：「你永遠猜不到的。」

王動道：「就因為猜不到，所以才要問。」

燕七咬著嘴唇，道：「去追活剝皮，活剝皮一走，他就追了出去。」

王動這才有點奇怪，皺皺眉道：「去追活剝皮幹什麼？」

燕七閉著嘴，臉色有點發青。王動看著他，喃喃道：「難道他為五百兩銀子，就肯去做活剝皮的跟班？」

他搖了搖頭，道：「這種事我絕不信，小郭絕不是這種人。」

燕七冷冷道：「這種事我也不願意相信，但卻不能不相信。」

王動道：「為什麼？」

請續看《歡樂英雄》中冊

古龍精品集 53

歡樂英雄（上）

作者：古龍
發行人：陳曉林
出版所：風雲時代出版股份有限公司
地址：10576台北市民生東路五段178號7樓之3
電話：(02) 2756-0949　　傳真：(02) 2765-3799
封面原圖：明人出警圖（原圖為國立故宮博物館典藏）
封面影像處理：風雲編輯小組
執行主編：劉宇青
行銷企劃：林安莉
業務總監：張瑋鳳
出版日期：古龍80週年紀念版2019年1月
ISBN：978-986-146-635-4

風雲書網：http://www.eastbooks.com.tw
官方部落格：http://eastbooks.pixnet.net/blog
Facebook：http://www.facebook.com/h7560949
E-mail：h7560949@ms15.hinet.net
劃撥帳號：12043291
戶名：風雲時代出版股份有限公司

風雲發行所：33373桃園市龜山區公西村2鄰復興街304巷96號
電話：(03) 318-1378　　傳真：(03) 318-1378
法律顧問：永然法律事務所 李永然律師
　　　　　北辰著作權事務所 蕭雄淋律師

行政院新聞局局版台業字第3595號 營利事業統一編號22759935

國家圖書館出版品預行編目資料

歡樂英雄／古龍作. -- 再版. --臺北市：
風雲時代，2010.02
　冊；　公分
　ISBN: 978-986-146-635-4（上冊：平裝）. --
　ISBN: 978-986-146-636-1（中冊：平裝）. --
　ISBN: 978-986-146-637-8（下冊：平裝）. --
857.9　　　　　　　　　　　　　98023708